Eva Bolsani

Ein Playboy für Valentina

Liebesroman

Ein Playboy für Valentina

Bibliografische Information der Deutschen
Nationalbibliothek:
Die Deutsche Nationalbibliothek verzeichnet diese
Publikation in der Deutschen Nationalbibliografie;
detaillierte bibliografische Daten sind im Internet über
http://dnb.dnb.de abrufbar.

Korrektorat: ebookservice24.com

Herstellung und Verlag: BoD – Books on Demand,
Norderstedt

ISBN: 978-3-7519- 9357-9

KATZENJAMMER

Zufrieden legte Ludwig Obermaier das Besteck beiseite und leerte mit einem langen Schluck seinen Maßkrug. Es ging doch nichts über einen Schweinsbraten und einen ordentlichen Schluck Bier zum Mittagessen! Aber heute würde er ausnahmsweise auf den Obstler verzichten, schließlich warteten zwei wunderschöne Frauen auf ihn, da wollte er natürlich einen guten Eindruck machen.

Schwerfällig erhob er sich, verließ das ›Wirtshaus zum Fürstenhof‹ und steuerte zielsicher einen Faltpavillon an, der mitten im Biergarten stand. Klar, die Madln konnten sich ja schlecht im Freien umziehen! Obermaier schlug die Plane am Eingang zurück und betrachtete wohlwollend die beiden feschen jungen Frauen im Dirndl. Ein Blick genügte, und seine Favoritin stand fest.

»Du bist die Valentina, gell?«, wandte er sich gleich an sie und schüttelte ihr kräftig die Hand. »Du kannst Wiggerl zu mir sag'n!«

Mühelos zauberte Valentina ein professionelles Lächeln auf ihr Gesicht, auch wenn der kleine Mann mit zu viel Bauch und zu wenig Haaren überhaupt nicht wie ein ›Wiggerl‹ aussah. Doch sie nickte, erwiderte den Händedruck und ignorierte dabei die Gefahr, dass sein gewaltiger Umfang jeden Moment seine Trachtenweste sprengen könnte.

»Ich glaub, des wird a Supersach!«, fuhr Wiggerl ungebremst begeistert fort, »der Oskar und du, ihr lockts die Besucher in Scharen in meinen Biergarten!«

Nach Valentinas Erfahrungen hatten die Münchner Biergärten eher mit zu *vielen* Besuchern zu kämpfen, aber wenn Ludwig Obermaier meinte, dass für seine Neueröffnung eine umfangreiche Werbekampagne notwendig war, sollte es ihr recht sein. Der Job wurde gut bezahlt und sie war lange genug im Modelbusiness unterwegs, um den Sinn ihrer Aufträge nicht in Frage zu stellen.

»Steve!«, Wiggerl schlug die Plane vor dem Eingang zurück und brüllte nach draußen. »Komm mal her! Ich find, die Valentina tät super zum Oskar passen, was meinst'n du?«

Valentina schenkte Gina, dem anderen Model, das ihre Agentur für diesen Job vorgeschlagen hatte, ein entschuldigendes Achselzucken. ›Das nächste Mal hast du mehr Glück‹, formten ihre Lippen. Sonst hatte Gina, deren Spitzname in der Branche ›Münchens Monroe‹ lautete, meistens die Nase vorn. Aber der Obermaier – Wiggerl – zog offenbar die Brünette einer rassigen Blondine vor.

Jetzt drängte sich auch noch der Fotograf Steve in den improvisierten Backstage-Bereich hinein und musterte Valentina abschätzig.

»Ich brauche mehr Titten und mehr Arsch, so sieht das Dirndl scheiße aus«, knurrte er unwillig.

Noch mehr?! Valentina hielt ihre Oberweite eigentlich für recht ansprechend. Der Stylist bedachte Steve lediglich mit dem gleichen ungnädigen Nicken, mit dem er schon auf Valentinas Sammelsurium an Naturkosmetik reagiert hatte und zauberte ein paar Silikoneinlagen hervor. Seufzend machte Valentina sich daran, diese in ihren BH zu stopfen. Das war ja mal wieder typisch! Dieser Oskar musste sich bestimmt nicht anhören, dass sein Hintern und seine Brust zu mickrig für Lederhose und Trachtenhemd waren!

Ungeachtet der Tatsache, dass Valentina und der Stylist sich nun eifrig bemühten, ihre Figur an die Wünsche des Fotografen anzupassen, blieb Ludwig Obermaier mitten im

Pavillon stehen und fuhr fort, von der ›bärigen Energie‹ zu schwärmen, die gleich zwischen dem Model und Oskar entstehen würde. Valentina ignorierte ihn so gut wie möglich. Dass wildfremde Männer sie in recht intimen Momenten beobachteten, war in dem Geschäft ja normal. Allerdings begann sie, sich zusehends für diesen Oskar zu interessieren. Laut Wiggerl musste das ja ein wahrer Wunderknabe sein. Komisch, dass sie noch nie zusammengearbeitet hatten. Sie wagte kaum zu hoffen, dass der Kerl weder schwul noch vergeben sein könnte. Aber vielleicht war ja heute ihr Glückstag und sie lernte gleich noch einen interessanten Mann kennen?

»Hmpf«, gab der Stylist von sich, was wohl bedeutete, dass er mit dem Ergebnis zufrieden war.

Valentina warf einen Blick in den Spiegel und musste ihm insgeheim recht geben. Sie füllte das Dirndl nun recht ansprechend aus, ihr braunes Haar wand sich in einem kunstvollen Flechtkranz um den Kopf und einzelne Strähnen umspielten ihr Gesicht, dessen Teint geradezu strahlte – zum Glück hatte sie ihre mitgebrachten Kosmetikprodukte verwenden dürfen.

»Wo ist denn jetzt der Oskar?«, hauchte sie.

Wenn ihr Shootingpartner sich nicht für sie interessierte, dann lag es aber ganz sicher nicht an ihrem Aussehen!

»Äh, ja, der Oskar …«, stammelte Wiggerl und riss seinen Blick von ihr los. »Oskar!«

Sie grinste, rückte ihre Silikoneinlagen noch einmal zurecht und erwischte sich bei dem Gedanken, ob Oskar wohl enttäuscht wäre, sollte er irgendwann einmal feststellen, dass sie nicht ganz so gut ausgestattet war, wie man nun vermuten konnte. Aber vielleicht waren bei ihm ja ganz andere Stellen ausgepolstert worden …

»Das ist der Oskar!«, unterbrach Wiggerl sie.

Valentina drehte sich beschwingt um, um dann mitten in der Bewegung zu erstarren, und den Neuankömmling mit offenem Mund anzusehen.

***

Eine leichte, salzige Brise wehte über die Bucht von Valparaíso auf das Festland und sorgte für ein wenig Abkühlung auf der Hotelterrasse. Doch der schmächtige Südamerikaner, der schon den ganzen Abend mit hängenden Schultern an einem der Tische saß, schien sich deswegen kein bisschen wohler zu fühlen.

»Es wäre besser, wenn ›Die schwarze Maria‹ für immer verschollen geblieben wäre«, raunte er jetzt düster. »Das Unheil klebt wie Pech an diesem Bild. Dereinst wurde der Maler um seinen Lohn betrogen, seitdem stürzt das Gemälde jeden ins Verderben, der auch nur wagt, es zu berühren! Nur wer wahrhaft reinen Herzens ist, bleibt verschont!«

Dabei sah er so blass und ungesund aus, dass man durchaus den Eindruck gewinnen konnte, das Verderben hätte ihn bereits ereilt, doch sein Gegenüber, ein stattlicher Europäer, schnaubte nur verächtlich durch die Nase.

Von dem Unfug, den er sich schon den ganzen Abend anhören musste, hatte er jetzt wahrlich genug. Dabei hatte Maximilian seinen Kompagnon Adriano immer für einen sehr vernünftigen Menschen gehalten. Ein Irrtum, wie es schien.

»Mich interessiert der Preis um einiges mehr als irgendwelche dubiosen Prophezeiungen«, erklärte er knapp und nahm noch einen großen Schluck seines eisgekühlten Gran Piscos. »Außerdem – wir sind die Guten! Schließlich bringen wir das Gemälde seiner rechtmäßigen Besitzerin zurück.«

»Nicht aus Menschenliebe, sondern weil wir einen fetten Gewinn einstreichen. Das wird schlimm ausgehen«, unkte Adriano trübsinnig.

Maximilian seufzte und ließ seinen Blick bis hinaus auf den Pazifischen Ozean schweifen. Was wollte Adriano eigentlich? Ja, sie würden einen fetten Gewinn einstreichen, aber darauf war ein Maximilian Wolff doch nicht angewiesen. Was ihn reizte war, das Rätsel zu lüften, das verschollene Kunstwerke automatisch umgab. Den Nervenkitzel zu spüren, der sich immer dann einstellte, wenn er mit Adriano in exotischen Ländern Jagd auf teilweise recht zwielichtige Gesellen machte; sein Verhandlungsgeschick auf die Probe zu stellen, wenn diese sich dann auch für einen Batzen Geld nicht von ihrem meist unehrlich erworbenem Besitz trennen wollten.

So war es diesmal auch gewesen, wochenlang hatten er und Adriano die Spur von Frederico Caballero – ehemals Friedrich Ritter – verfolgt, nur um dann festzustellen, dass dieser längst verstorben war. Schon vor Jahren hatte Ritter das Gemälde verscherbelt, wie sein Sohn schließlich eingeräumt hatte, nachdem einige Scheine den Besitzer gewechselt hatten. Doch das unschlagbare Team Adriano Ruiz und Maximilian Wolff wollte sich natürlich nicht so leicht geschlagen geben. Mit Erfolg! Die Besitzer des Bildes lebten hier, in Valparaíso. Aber seit Adriano mit ihnen gesprochen hatte, hatte er sich von einem effizienten Kunstdetektiv in einen Jammerlappen verwandelt, der tatsächlich an Flüche und Weissagungen zu glauben schien. Kam da das indianische Erbe bei seinem Freund durch? Sah ganz so aus, jedenfalls rutschte der hagere Mann schon wieder unruhig auf seinem Stuhl herum, seinen Pisco Sour hatte er ebenso wenig angerührt wie die hervorragenden Tapas.

Dem Friedrich Ritter hatte das Bild allerdings tatsächlich kein Glück gebracht. Das geschah ihm aber auch ganz recht, fand Maximilian.

»Die Salazars ... willst du wirklich nur so wenig für das Bild bieten?«, versuchte Adriano das Gespräch nun zum wiederholten Mal auf die derzeitigen Eigentümer des Gemäldes zu lenken, doch Maximilian winkte ab.

»Die haben dem Ritter das Bild vor Jahren für 'nen Appel und 'nen Ei abgeluchst und glauben jetzt wahrscheinlich, sie könnten den großen Reibach machen. Aber die sollten froh sein, dass ich überhaupt bereit bin, für das Bild etwas zu bezahlen«, knurrte er unwillig. »Das mache ich auch nur, weil unsere Auftraggeberin keine Zeit für ein kompliziertes Verfahren zur Rückführung des Kunstwerkes hat.«

Der Gedanke, dass die nette alte Dame sterben könnte, bevor sie das Bild wieder in den Händen hielt, verfolgte ihn schon seit Wochen. Maximilian griff nach der Pisco-Flasche, schenkte sich großzügig nach und leerte den Inhalt seines Glases in einem Zug. Laut Adriano brauchten die Salazars dringend Geld, ein Umstand, der ihm sehr gelegen kam. Auf keinen Fall würde er den horrenden Preis bezahlen, den seine Auftraggeberin bereit war auszugeben, wenn sie dafür das Gemälde zurückbekam. Oh nein, sein Angebot würde sehr viel geringer ausfallen! Wer Raubkunst von einem ehemaligen

Nazibonzen erwarb, konnte nicht mit seiner Großzügigkeit rechnen.

Dass Adriano plötzlich auch noch Skrupel entwickelte, verdarb ihm allerdings ziemlich die Laune. Aber gut, er konnte das am nächsten Morgen auch allein durchziehen. Maximilian hatte genug Material gesammelt, um die Ansprüche seiner Auftraggeberin zu beweisen. Die Salazars damit unter Druck zu setzen, sollte nicht allzu schwierig werden. Am Ende würden sie schon kleinbeigeben. Ein besseres Angebot würden sie sowieso nicht bekommen, von niemandem.

»Vielleicht wussten sie nicht …«

»Klar, niemand hat jemals irgendwas gewusst«, herrschte Maximilian seinen Freund ungehalten an. »Außerdem solltest du dich mal entscheiden, was du eigentlich willst: Soll ich jetzt lieber die Finger von dem Bild lassen, weil es angeblich verflucht ist, oder soll ich den Salazars das ganze Geld in den Rachen stopfen, hm?«

Er mochte Adriano, und sie waren ein gutes Team. Aber heute Abend ging ihm sein Freund gehörig auf den Wecker. Vielleicht war es besser, wenn er sich nach angenehmerer Gesellschaft umsah? Maximilians Blick fiel auf eine hübsche Kellnerin, die sich gerade am Nebentisch weit vornüberbeugte und ihm dabei einen netten Einblick in ihr Dekolleté gewährte. Es war spät geworden, und die Terrasse leerte sich zusehends.

Sicher hatte sie bald Feierabend. Er zauberte sich sein charmantestes Lächeln ins Gesicht und erntete ein freches Zwinkern.

Siegessicher blinzelte er zurück. Als großer, blonder Deutscher fiel Maximilian in Südamerika fast überall auf und besonders die Damen schenkten ihm gerne ihre Aufmerksamkeit. Konnte natürlich auch sein, dass sich die Kellnerin mehr für seine dicke Brieftasche als für seinen durchaus ansehnlichen Körper interessierte. Aber eigentlich war ihm das heute egal – denn in jedem Fall würde es mehr Spaß machen, sie zu verführen, als sich weiter mit dem unleidlichen Adriano abzugeben. Ein letztes Mal leerte er sein Glas.

»Du entschuldigst mich«, sagte er knapp zu seinem Freund, der ergeben seufzte, stand auf und folgte der schönen Frau an die Bar.

***

»Aber ... das ist ein Hund!«, stammelte Valentina fassungslos.

Ein sehr kleiner Hund. Aber eindeutig ein Hund! Den Oskar hatte sie sich wirklich ganz anders vorgestellt. Ob das Vieh eine Freundin hatte, war ihr ebenfalls total egal.

Reflexartig wich sie einen Schritt zurück.

»Mogst du keine Hund? Geh weida, der is doch ganz kloa! Jetzt nimmst erst mal an Schluck Prosecco, dann schaut des glei ganz anders aus«, versuchte Wiggerl sie zu besänftigen.

Mit zitternden Händen griff Valentina nach dem Glas. Sie hatte eigentlich nichts gegen Hunde – solange sie diese von Weitem sah. Aber so ein Hund war nun mal dreckig und voll mit den übelsten Bakterien! Es würde doch nicht etwa erwartet werden, dass sie dieses Tier anfasste?! Valentina stürzte den Prosecco in einem Zug hinunter.

»Super, jetzt nimmst des Zamperl auf'n Arm und dann geht's los«, schlug Wiggerl vor.

Valentina schauderte. Aus dem Augenwinkel nahm sie wahr, wie Gina sich hinhockte und den kleinen Kerl zu sich lockte.

»Der ist doch total süß!«, murmelte sie dabei.

Der winzige Hund rannte zu Gina und schleckte ihr die Hand ab. Valentina schüttelte sich. Wusste Gina denn nicht, wo Hunde ihre Nase überall hineinsteckten?! Igitt! Sie wich noch weiter zurück, bis sie mit dem Rücken an die Wand des Faltpavillons stieß.

»Ja mei …«, sagte Ludwig Obermaier ein wenig hilflos, während Gina den kleinen Oskar ausgiebig kraulte. Das blonde Model sah zu Valentina und formte lautlos die Worte ›Das nächste Mal hast du mehr Glück‹.

Valentina griff nach der Proseccoflasche. Der Job war ihr im Moment egal – Hauptsache, sie kam von diesem Viech weg!

***

Der nächste Tag brach in Valparaíso mit einem strahlend blauen, wolkenlosen Himmel an. Ein warmer Wind blähte die zarten Vorhänge vor einem weit geöffneten Hotelfenster und strich sanft über die nackte Haut eines schlummernden Mannes in einem zerwühlten Bett.

Nur langsam kam Maximilian zu sich. Sein Kopf dröhnte und seine Glieder schmerzten. Was war hier los? Vorsichtig öffnete er ein Auge. Doch was er sah, half ihm nicht im Geringsten weiter, ganz im Gegenteil.

Er schloss das Auge wieder und versuchte, sich darüber klar zu werden, in welcher Stadt er sich befand. Wer die nackte, leise schnarchende Frau neben ihm im Bett sein könnte und wie sie dort hingekommen war, wusste er ebenso wenig – aber das konnte warten, bis er die drängendsten Fragen geklärt hatte.

Am liebsten würde er sich einfach eines der dünnen, zerknautschten Laken über den Kopf ziehen in der Hoffnung, dass die Welt in ein oder zwei Stunden ganz anders aussähe. Wenigstens lieferte die angefangene Pisco-Flasche auf seinem

Nachttisch einen Anhaltspunkt dafür, weshalb er sich in diesem bedauernswerten Zustand befand.

Schön langsam kehrte auch ein Teil der Erinnerung zurück. Er war mit der Kellnerin – wie hieß sie gleich nochmal? – im Bett gelandet, nachdem Adriano so gar nicht in Feierlaune gewesen war. Obwohl ihnen das Bild so gut wie sicher war.

Das Bild!

Verdammte Scheiße! Maximilian setzte sich ruckartig auf. Was allerdings keine gute Idee war. Der Boden schwankte verdächtig und der Inhalt seines Magens drängte nach oben. Ächzend stütze er den Kopf in seine Hände und versuchte, gegen den Schwindel anzukämpfen. Was hatte er sich bloß dabei gedacht, so viel zu saufen? Für den Termin bei den Salazars sollte er eigentlich alle Sinne beisammenhaben!

Er lachte bitter auf, als ihm Adrianos Geschwafel von einem Fluch wieder einfiel. Wenn sein Freund recht hatte und das Gemälde die Macht besaß, ihm schon im Voraus einen solchen Brummschädel zu bescheren, dann würden die Salazars ihn womöglich bezahlen, nur um es loszuwerden.

Nun, das würde er nie erfahren, wenn er sich nicht endlich aus dem Bett quälte. Stöhnend stand er auf und schwankte ins Badezimmer.

Eine Stunde und drei starke Kaffee später lenkte Maximilian seinen Leihwagen in eine staubige Seitenstraße in einem Randbezirk von Valparaíso.

»Sie haben ihr Ziel erreicht!«, behauptete das Navi.

Er hatte mit einem mondänen Domizil einer neureichen Familie gerechnet. Stattdessen parkte er nun vor einem urigen Holzhaus mit blauen Schindeln, deren Farbe an einigen Stellen bereits abblätterte. Das Dach sollte dringend neu gedeckt werden, und der Schaukelstuhl auf der Veranda hatte auch schon bessere Zeiten gesehen. Dennoch strahlte das alte Haus eine gewisse Behaglichkeit aus, und er bekam direkt Lust, es sich in dem alten Stuhl gemütlich zu machen – was natürlich nicht in Frage kam, denn deswegen war er nicht hergekommen.

Langsam stieg er aus, und die Hitze traf ihn nach dem klimatisierten Wageninneren wie ein Schlag. Deshalb glaubte er auch einen Moment an eine Halluzination, als sich knarzend die hölzerne Eingangstür öffnete und eine alte Frau im Türrahmen erschien, die jederzeit als Großmutter eines Märchenbuchs durchgehen würde.

Sie entsprach so wenig dem Klientel, dass sich normalerweise mit Kunstwerken zweifelhafter Herkunft umgab, dass er spontan überzeugt war, dass Adriano sich in der Adresse geirrt haben musste. Sowas war ja noch nie vorgekommen!

»Herr Wolff? Sie schickt der Himmel!«, sagte die Groß-mutter.

Okay, Adriano hatte sich also nicht geirrt. Allerdings beschlich Maximilian das komische Gefühl, dass das hier so gar nicht so laufen würde, wie er sich das vorgestellt hatte. Zögernd ging er auf die alte Frau zu, die über das ganze Gesicht strahlte.

Hätte Adriano ihn nicht vorwarnen können?!

***

Stöhnend stützte Valentina ihren Kopf in ihre Hände. Sie mochte doch gar keinen Prosecco! Aber nach dem Mords-schreck, den der Obermaier ihr mit diesem Vieh eingejagt hatte, war ihr die Flasche gerade recht gekommen.

Schön blöd.

Allerdings war der Kater nicht das einzige, was ihr Kopf-schmerzen bereitete. Nachdem sie sich mühsam aus dem Bett gequält und einen Kaffee gekocht hatte, hatte sie hoffnungs-voll ihre Mails nach einem neuen Auftrag durchforstet.

Nichts.

Aber nicht nur das. Nachdem sie ihre Kontoauszüge aufge-rufen hatte, konnte sie es nicht länger ignorieren, dass sie in letzter Zeit kaum lukrative Jobs abbekommen hatte. Da wäre ihr die Kampagne mit dem Biergarten gerade recht gekommen.

Zwar war ihr Rücklagenkonto immer noch gut gefüllt, aber so konnte es ja trotzdem nicht bis in alles Ewigkeit weitergehen. War sie mit 24 vielleicht schon zu alt für die richtig gut bezahlten Aufträge? Valentina seufzte. Model war ihr Traumberuf, noch hatte sie keine Lust, sich nach etwas anderem umzusehen.

»Bin wieder da!« Valentinas Mitbewohnerin Wanda polterte nach ihrer Joggingrunde lautstark in die gemeinsame Wohnung.

»Wo ist Freddy? Ich habe einen Bärenhunger«, dröhnte Wanda und rumorte im Flur herum.

»Keine Ahnung, wo die steckt.«

Valentina klappte ihren Laptop zu. Sie hatte die dritte im Bunde, Frederika, genannt Freddy, heute noch gar nicht gesehen.

»Mist!«, tönte es, dann platzte Wanda auch schon wie eine Urgewalt in die Küche, riss einen Tetrapack Milch aus dem Kühlschrank und trank direkt aus der Packung.

Wanda trieb nicht nur begeistert Sport, sie arbeitete auch noch in einem Fitnessstudio und hatte so im Gegensatz zu Valentina einen schier unendlichen Kalorienbedarf. Sehr zur

Freude ihrer Freundin Freddy, die eine begnadete Hobby-köchin war.

»Was ist denn mit dir, du sitzt ja da wie ein Trauerkloß?«

Valentina seufzte. Sie hatte nicht die geringste Lust, sich von Wanda dafür auslachen zu lassen, weil sie vor dem winzigen Hund – ein Chihuahua, wie sie inzwischen erfahren hatte – Reißaus genommen hatte.

»Aber warte, ich habe dir was mitgebracht, das wird dich aufmuntern!«

Valentina seufzte noch inbrünstiger. Sicher einer dieser gruseligen Fitnessriegel, auf die Wanda schwor. Wann würde die Freundin wohl einsehen, dass dieser Dinger nicht die passende Ernährung für ein Model waren?

Wanda war derweil im Flur verschwunden und kam nun mit einem recht ansehnlichen Blumenstrauß zurück, von dem sie gerade die Papierverpackung abzupfte.

»Ich habe den Boten unten vor der Tür getroffen«, kam es dabei undeutlich zwischen ein paar Margeriten hervor. »Ein Brief ist auch dabei!«

Valentina nahm der Freundin den Strauß ab und setzte ihn erstmal in die Spüle. Äußert unwahrscheinlich, dass sich in ihrem Haushalt eine passende Vase fand. Eigentlich bekam sie wahnsinnig gerne Blumen, befürchtete aber, dass sie diesen

Strauß nur Ludwig Obermaiers schlechtem Gewissen zu verdanken hatte.

Sie öffnete den Brief und stellte mit Erstaunen fest, dass der Absender ihre Agentin war. In ihrer typischen, krakeligen Handschrift teilte sie Valentina mit, dass sie einen neuen Job für sie in Aussicht hätte, der Auftraggeber sie jedoch zuvor ein wenig besser kennenlerne wolle.

Wanda hatte sich derweil die Karte geschnappt, die ebenfalls in dem Briefumschlag gesteckt hatte.

»Ein Ticket für den ›Rosenkavalier‹«, verkündete die Freundin lautstark. »Nicht schlecht, Herr Specht!«

Valentina stöhnte nur. Schon klar, warum ihre Agentin ihr das nicht persönlich sagen wollte.

»Wann werden diese Typen endlich einsehen, dass ein Model keine Escort-Dame ist«, brummte sie grantig.

»Hej, nicht so misstrauisch. Der hat sich doch nicht lumpen lassen, oder? Fetter Strauß! Außerdem *liebst* du die Oper!«

»Ja, wenn ich die Aufführung genießen kann, ohne dabei von einem Mann betatscht zu werden, der glaubt, er könne sich alles erlauben, weil er mich eingeladen hat.«

»Könnte ja aber auch sein, dass es sich hier um den Märchenprinzen handelt, auf den du schon so lange wartest, oder?«, fragte Wanda und wackelte bedeutsam mit den Augenbrauen.

»Ach Quatsch«, murmelte Valentina verlegen.

Sie war echt zu alt, um weiter von einem Prinzen – wahlweise mit oder ohne weißem Pferd – zu träumen, der ihr die Welt zu Füßen legte. Oder?

Wanda versetzte ihr einen kumpelhaften Stoß.

»Na los, gib dir einen Ruck und geh da am Sonntag hin. Wenn dir der Kerl nicht passt, verschwindest du halt kurz aufs Klo und haust dann heimlich ab, ist doch kein Ding! Aber wenn du Glück hast, springt bei der Sache nicht nur ein cooler Job raus, sondern du hast auch noch ein tolles Date. Wär ja auch mal Zeit, du hast ja keinen Typ ernsthaft an dich rangelassen, seit …«

»Ja, schon gut!«, unterbrach Valentina sie hastig. »Ich geh ja hin. Aber wenn ich irgendeinem Verrücken in die Arme laufe, musst du mich retten.«

»Klaro«, grinste Wanda, wandte sich wieder dem Kühlschrank zu und schnappte sich eine weitere Milchpackung.

***

»Machen Urlaub in München oder sind da für Geschäft?«, fragte der Taxifahrer mit den orientalischen Gesichtszügen und startete seinen Wagen.

»Tut mir leid, ich bin hier zu Hause – da werden Sie wohl den kürzesten Weg nach Starnberg nehmen müssen«, entgegnete Maximilian spöttisch, dann lehnte er sich zurück und schloss die Augen. Immerhin mussten sie einmal um München herum, vielleicht gelang es ihm, noch ein wenig zu schlafen.

Doch wie schon auf dem Flug gingen ihm die Salazars einfach nicht aus dem Kopf. Er sah förmlich die hoffnungsvollen Gesichter des Paares vor sich, den sauber geschrubbten Holztisch mit der gehäkelten Tischdecke, in der Mitte die Schale mit den selbstgebackenen Keksen. Fast glaubte er, den Geruch von Frau Salazars starkem Kaffee immer noch in der Nase zu haben.

In Gedanken ging er wieder und wieder das Gespräch mit der südamerikanischen Familie durch. Er hatte sich nicht gerade von seiner besten Seite gezeigt, indem er sie recht unverhohlen als Kriegsgewinnler bezeichnete. Dennoch hatten sie ihn wie einen lang vermissten Sohn und nicht wie einen eiskalten Geschäftsmann behandelt.

Obwohl er sich gar nicht so sicher war, wie ein geliebter Sohn normalerweise behandelt wurde. An seine Mutter konnte er sich nur schemenhaft als eine Frau in luftigen Kleidern erinnern, die immer ein wenig entrückt durchs Haus schwebte. Sein Vater hingegen hatte ihn stets seine missbilligende Geringschätzung spüren lassen, indem er ihm irgendwelche Gemeinheiten an den Kopf warf, falls ihm nicht gleich die Hand ausrutschte, weil sein einziger Sohn nicht so funktionierte, wie er sich das vorstellte. Was Letzteres anging, hatte ihm auch sein Großvater nicht nachgestanden, der Maximilian schlussendlich unter seine Fittiche genommen hatte. Doch da war Maximilian ja auch schon älter gewesen und hatte durchaus verstanden, dass der Tod seiner einzigen Tochter und die Veruntreuung von Geldern durch seinen Schwiegersohn aus dem Opa einen verbitterten alten Mann gemacht hatten, dem es nur noch darum ging, seinen Enkel zu einem würdigen Erben seines Pizza-Imperiums zu erziehen.

Bei den Salazars ging es jedoch ganz anders zu, jedes Wort und jede Geste hatte ihm verraten, wie tief die Familienmitglieder miteinander verbunden waren. Umso erschütterter war Maximilian gewesen, als er erfahren hatte, dass ausgerechnet diese Familie von dem Fluch des Bildes getroffen worden war. Denn wenn jemand reinen Herzens war, dann doch wohl die Salazars!

Wobei er *natürlich nicht* an diesen Fluch glaubte.

»Ausgemachter Blödsinn ist das, sonst nix!«

»Was meinen?«, fragte der Taxifahrer.

»Gar nichts, Entschuldigung«, murmelte Maximilian betreten.

»Alles gut, ja? Sind gleich da.«

Tatsächlich knirschte der helle Kies der Auffahrt zu seinem Haus bereits unter den Rädern des Taxis. Maximilian gab ein fürstliches Trinkgeld, was den Taxifahrer dazu veranlasste, ihm beflissen das schwere Gepäck aus dem Kofferraum zu heben.

Etwas unschlüssig blieb er vor der Eingangstreppe stehen, während der Mann davonbrauste. Es war bereits dunkel und die lange Reise steckte ihm ganz schön in den Knochen. Er sollte reingehen, sich einen Drink einschenken und möglichst bald den fehlenden Schlaf nachholen. Stattdessen wandte er den Blick von der liebevoll restaurierten Jugendstilvilla ab hin zu dem seitlichen Anbau, der ehemaligen Orangerie, in der sich heute seine Galerie befand. Die großen Bogenfenster waren hell erleuchtet, so dass er genau erkennen konnte, was drinnen vorging.

Elisabetta war da. Natürlich war Elisabetta da, immerhin war sie seine Frau, und sie lebte hier. Und ein Grund dafür, dass sie seine Frau geworden war, war schließlich, dass sie seine Liebe zu Kunst und Antiquitäten teilte und unermüdlich für ihr kleines, aber exquisites Geschäft arbeitete.

Elisabetta sah aus wie immer. Das blonde, kurze Haar war exakt frisiert, Blazer und Bluse saßen perfekt, die randlose Brille ließ sie ein wenig streng, aber sehr kompetent wirken.

Dennoch kam es Maximilian vor, als sähe er seine Frau zum ersten Mal.

Sie hatten nicht aus Liebe geheiratet, er glaubte ebenso wenig an die Liebe wie Elisabetta. Sie hatten geheiratet, weil sie sich ausgezeichnet ergänzten, sowohl geschäftlich als auch was ihre Lebensgewohnheiten anging. Sie schliefen auch ganz gerne miteinander, ließen einander ansonsten jedoch alle erdenklichen Freiheiten.

Und tatsächlich waren sie beide erst so richtig erfolgreich, seit sie zusammen waren.

Warum stand er also wie ein Idiot hier im Dunkeln, betrachtete seine Ehefrau und fragte sich, ob sie wohl, wenn sie beide alt und grau waren, auch so vertraut an einem Küchentisch sitzen und sich wortlos verstehen würde wie die Salazars?

Natürlich würden sie das!

Schließlich hatte er nicht den gleichen Fehler wie seine Mutter begangen, die seinen Vater aus Liebe geheiratet hatte. Nur, um wenige Monate später festzustellen, dass sie mit einem unsensiblen Grobian zusammen war. Allerdings war sie da schon mit ihm schwanger gewesen, und sein Vater saß zu der Zeit noch als Geschäftsführer der Restaurantkette seines Großvaters fest im Sattel. Nein, Maximilian hatte gleich eine Partnerin gewählt, bei der nicht die Gefahr bestand, dass irgendwelche Gefühlsstürme ihre perfekt funktionierende Ehe gefährdeten. Elisabetta und er würden im Alter auf ein sehr erfolgreiches Leben zurückblicken.

Doch dann fiel ihm ein, was Elisabetta und ihm fehlen würde: eine Familie! Das Ehepaar Salazar stand ja trotz der finanziellen Sorgen nicht allein da, sie wurden von ihrer Familie unterstützt. Und diese Familie hatte letztendlich auch dafür gesorgt, dass Maximilian um einiges mehr für das Bild bezahlt hatte, als er jemals vorgehabt hatte.

Nachdenklich kratzte er sich am Kopf. Elisabettas und seine Kinder würden keine finanziellen Sorgen kennen, so viel stand fest. Aber dass er und seine Frau die perfekten Eltern abgeben würden, bei all der Arbeit, die sie hatten, und mit der offenen Beziehung, die sie führten, bezweifelte er doch ein wenig.

Trotzdem drängte sich plötzlich dieses Bild auf, dass er sicher nicht allein hier herumstehen würde, wenn sie Kinder hätten. Nein, die ganze Schar wäre bereits lärmend aus dem Haus geflitzt und hätte ihn mit Fragen bestürmt, ob er den verloren Schatz gefunden und was er ihnen mitgebracht hätte. Eine Vorstellung, die ein ganz komisches Gefühl in seinem Magen auslöste.

Womöglich war seine seltsame Laune aber auch auf den in Chile reichlich genossenen Pisco zurückzuführen. Außerdem hatte er seine Ehefrau wochenlang nicht gesehen und außer ein paar nichtssagenden Mails keinerlei Kontakt zu ihr gehabt, da war dies kaum der richtige Augenblick, um sie ins Bett zu zerren und zu schwängern.

Sie könnten es ja erst einmal mit einem Hund versuchen. Er hätte gerne einen Hund. Einen netten Golden Retriever vielleicht? Er versuchte, sich Elisabetta vorzustellen, wie sie in Gummistiefeln und Regenjacke mit einem Hund am Ufer des Starnberger Sees entlang stapfte, während er irgendwo auf der Welt nach verschwundenen Gemälden suchte, scheiterte damit jedoch kläglich.

Dennoch bekam er Lust, in Zukunft ein wenig mehr Zeit mit Elisabetta zu verbringen. Normalerweise stürzte Maximilian sich nach einer kurzen Erholungsphase alsbald auf den nächsten Auftrag, doch was, wenn er sich diesmal ein wenig mehr Zeit ließ? Leisten konnte er sich das allemal. Die gewonnene Zeit würde er mit Elisabetta verbringen – mit Dingen, die *ihr* gefielen! Von Hunden und Kindern konnte er immer noch anfangen, wenn sie wieder ein wenig vertrauter miteinander waren.

Äußerst zufrieden mit seinem Vorhaben riss er die Eingangstür zur Galerie auf.

»Hallo Elisabetta! Ich bin wieder zu Hause! Was hältst du davon, wenn wir am Sonntag in die Oper gehen?«

OPERNBESUCH

»Hört sich super an«, nuschelte Elisabetta in den Telefon-hörer. »Wir bleiben in Verbindung!«

Hastig legte sie auf, denn schon hörte sie Maximilians for-sche Schritte auf der Treppe.

»Guten Morgen!«, rief er unanständig fröhlich. »Wer war denn das zu dieser frühen Stunde?«

Elisabetta seufzte verhalten. Das Leben gestaltete sich wirklich um einiges einfacher, wenn ihr Ehemann nicht zu Hause war!

»Signore Mancini«, improvisierte sie rasch. »Es geht um ein paar Skizzen, die irgendwo in Sizilien …«

»Kein Interesse«, sagte ihr Mann sofort und schenkte sich einen Kaffee ein.

»Sie sollen ein unentdecktes Werk von Michelangelo zeigen«, versuchte sie, ihm die Sache schmackhaft zu machen. Sizilien war so schön weit weg!

»Das ist doch Quatsch«, sagte Maximilian und biss in ein Croissant. »Ich bleibe hier.«

Zu schade. Obwohl sie Mancini, der tatsächlich immer wieder bei ihr anrief, ebenfalls für einen Spinner hielt. Trotzdem wäre es ihr sehr gelegen gekommen, wenn ihr Mann sich gleich dem nächsten Auftrag gewidmet hätte.

»Ich habe doch gesagt, dass ich vorerst keine weiteren Reisen unternehmen will. Ich habe dich viel zu sehr vernachlässigt«, sagte er, strahlte sie an und drückte sogar ihre Hand. »Freust du dich denn gar nicht?«

»Äh …«, entgegnete Elisabetta etwas hilflos.

»Du befürchtest, dass das Geschäft darunter leiden könnte, dass ich keine Aufträge annehme, stimmt's?«, fragte er. »Keine Sorge, seit Pierre Fournier der Geschäftsführer der ›Caminata‹-Restaurants ist, laufen die Läden besser denn je. Notfalls ziehen wir da ein paar Gewinne ab – unser Steuerberater macht das schon.«

Elisabetta zwang sich zu einem Lächeln. Maximilian machte also tatsächlich Ernst. Gestern hatte sie schon vergeblich versucht, ihm eine verschollene Inka-Statue schmackhaft zu machen. Gut, das war nicht ganz so sein Thema. Aber dass er eine Reise nach Italien so rigoros ausschloss, ohne wenigstens ein paar Fakten zu überprüfen, war schon seltsam.

Nun ja, wenn er partout nicht verreisen wollte, musste sie das wohl akzeptieren. Sie konnte ihn ja schlecht aus seinem eigenen Haus hinauswerfen. Um in Ruhe arbeiten zu können, musste sie eben dafür sorgen, dass er anderweitig beschäftigt war. Wenn ihn die Jagd nach verschwundenen Antiquitäten nicht reizte, blieb immer noch seine andere große Leidenschaft: die Frauen.

Es bereitete ihr allerdings ein wenig Kopfzerbrechen, wie sie eine Frau finden könnte, die Maximilians Aufmerksamkeit länger fesseln konnte, als er brauchte, um sie in sein Bett zu bekommen – häufig eine erschreckend kurze Zeitspanne.

Andererseits, wenn Maximilian wirklich Ernst machte und sich mit ihr in das gesellschaftliche Leben stürzen wollte, würde es nicht lange dauern, bis ein paar lange Beine oder eine ansprechende Oberweite seine ganze Aufmerksamkeit forderten. Dann würde er schon bald mehr Zeit in seinem Münchner Apartment als am Starnberger See verbringen, und sie würde sich in aller Ruhe um das Geschäft kümmern können.

Elisabetta erwiderte Maximilians Händedruck und schenkte ihm ein Lächeln, das diesmal sogar von Herzen kam.

»Dann ist es ja gut. Ich freue mich auch schon wahnsinnig auf den ›Rosenkavalier‹ morgen Abend!«

***

»Also ich weiß nicht, ich sehe ja aus, als ginge ich zu meiner eigenen Hochzeit.«

»Papperlapapp!«, entgegnete Freddy. »Auf seiner Hochzeit trägt man Weiß, und das ist eindeutig creme. Außerdem steht dir das Kleid super!«

»Für ein Kleid ist das Teil echt okay«, mümmelte Wanda zwischen zwei Bissen ihres Müsliriegels hervor.

Das war aus Wandas Mund ein echtes Kompliment. Denn die würde sich lieber stundenlang in einen Ganzkörper-Neoprenanzug zwängen als auch nur in Erwägung zu ziehen, in ein Kleid zu schlüpfen.

Probeweise drehte Valentina sich nochmal vor dem Spiegel hin und her. Der knielange Rock mit den dezenten Stickereien am Saum war wirklich wunderschön, dass sie das Kleid auf dem Flohmarkt erstanden hatte, sah man ihm wirklich nicht an. Aber gewährte der V-Ausschnitt nicht zu tiefe Einblicke?

»Ich will ja keinen fremden Mann zu – was auch immer – ermuntern«, meinte sie nervös.

»Unsinn! Hier, ich leihe dir meine Lieblingskette.« Freddy legte ihr ein silbernes Kettchen mit einem schwarzen Stein daran um. »Der schwarze Opal wehrt alles Schlimme ab. Seine Liebe wird dich auf allen Ebenen beschützen!«

Valentina musste grinsen. Typisch Freddy! Für jede Situation der passende Glücksbringer. Aber die Kette war wirklich sehr schön, eindeutig eine Verbesserung zu dem seltsamen Spray, mit dem Freddy sie vor ihrem letzten Date eingenebelt hatte.

»Cool«, meinte Wanda.

»Also gut«, gab sie der geballten Ladung Begeisterung nach.

Blieb nur noch die Frage, ob ihr Begleiter wirklich einen Job für sie hatte, oder ob er sich nur für den Preis eines Blumenstraußes und einer Eintrittskarte einen Abend lang mit einem Model an seiner Seite schmücken wollte.

Aber eines war jedenfalls sicher: Es handelte sich diesmal definitiv nicht um einen Hund! Denn die durften – da war Valentina sich ziemlich sicher – nicht in das Opernhaus hinein.

Als sie eine halbe Stunde später die bayerische Staatsoper betrat, hatte sie immer noch nicht mehr in der Hand als eine SMS, in der der namenlose Mann sie darum bat, im Königssaal auf ihn zu warten. Auch recht. Valentina gab ihr

Jäckchen an einer Garderobe ab und begab sich direkt in den genannten Saal im ersten Stock, wo sie sich den übrigen flanierenden Opernbesuchern anschloss. Der prunkvolle Raum mit dem goldverzierten Stuck, dem riesigen Kronleuchter und dem mehrfarbigen Parkett war ihrer Meinung nach sowieso die beste Einstimmung auf die Aufführung. Doch obwohl sie immer wieder nach links und rechts spähte, konnte sie niemanden entdecken, der sich über Gebühr für sie interessierte.

»Valentina?«

Sie zuckte heftig zusammen, als sie schließlich doch angesprochen wurde. Dabei war der Mann, dem die samtweiche Stimme gehörte, alles andere als furchteinflößend, auch wenn er recht groß war und die dunklen Haare ihm verwegen in die Stirn fielen. Einzig die glitzernden Akzente in dem Schopf verrieten Valentina, dass der perfekte Out-of-Bed-Look das Werk eines talentierten Friseurs und nicht etwa das Ergebnis eines ausgiebigen Mittagsschlafs war. Die lässige Frisur wurde durch einen gutsitzenden Anzug ergänzt, wodurch der Mix aus Zwanglosigkeit und Eleganz perfekt wurde. Ein Stil, wie man ihn derzeit auch in sämtlichen angesagten Männermode-Katalogen fand.

Wobei der Mann, dem sie nun die Hand reichte, sicher nicht als Model in einem Versandkatalog zu finden war. Von der Gage solcher Aufträge konnte man sich in der Regel nämlich keinen maßgeschneiderten Anzug, goldene Manschettenknöpfe und eine Rolex am Handgelenk leisten.

»Ich bin entzückt, Sie kennenzulernen«, sagte er, ergriff ihre Hand und hauchte einen Kuss darauf.

Ziemlich exaltiert, der Mann. Als er sie nun auch noch in seine Arme zog und ihr dabei ein Schwall süßlichen Parfüms in die Nase stieg, brauchte Valentina den winzigen Regenbogenstecker in seinem Ohrläppchen eigentlich gar nicht mehr zu entdecken, um zu ahnen, dass dieser Kerl sie wohl nicht im Dunklen befummeln würde.

»Sehr erfreut, Herr …«, sagte sie.

»Ah, wie unaufmerksam von mir! Rupert Schultheis, zu Ihren Diensten!« Er warf ihr eine Kusshand zu.

»Sehr erfreut, Herr Schultheis«, brachte Valentina ihren Satz etwas gequält zu Ende.

»Sagen Sie doch Rupert«, bat er, fasste erneut nach ihrer Hand und vergaß diesmal einfach, sie auch wieder loszulassen. »Was für ein unerhörtes und unverdientes Glück ich doch habe, dass Sie mich heute Abend begleiten!«

Schmachtend sah er sie an und tätschelte ihren Arm. Selbst für die Münchner Bussi-Gesellschaft war das zu viel Trara.

»Dann bleibt ja nur die Frage zu klären, ob es Ihnen mehr um meine Gesellschaft geht oder darum, in meiner

Gesellschaft gesehen zu werden«, gab Valentina ungewohnt offen zurück. Aber sie hatte den Eindruck, dass der Mann sie mit seiner ungestümen Begrüßung für dumm verkaufen wollte, und das gefiel ihr überhaupt nicht.

»Oh, Verzeihung!«

Ihm schien aufzugehen, dass er wohl etwas zu forsch vorgegangen war, und rückte ein Stück von ihr ab. Stattdessen sah er ihr nun tief in die Augen.

»Ich kann mich doch auf Ihre Diskretion verlassen, Valentina, oder?«, fragte er theatralisch.

»Selbstverständlich«, entgegnete Valentina professionell.

»Mir liegt vor allem daran, mit Ihnen gesehen zu werden«, flüsterte Rupert verschwörerisch. »Und ich wollte nicht allzu offensichtlich … ich meine, eine bezahlte Begleitung … aber ich tue mir auch schwer, Frauen kennenzulernen, deshalb …«

Alles Überschwängliche fiel zusehend von ihm ab, und er tat Valentina direkt ein bisschen leid. Also achtete sie sorgfältig darauf, dass sie niemand belauschen konnte, ehe sie sich zu ihm neigte.

»Damit nicht über Ihre Homosexualität getratscht wird, brauchen Sie hin und wieder eine weibliche Begleiterin«, sagte sie leise, »die nicht allzu augenscheinlich ein Escort ist. Das ist schon in Ordnung. Obwohl es schon ein bisschen gemein war, mir einen Job in Aussicht zu stellen, um mich herzulocken!«

»Oh, natürlich habe ich einen Job für Sie«, sagte er entrüstet und presste melodramatisch seine Hände auf sein Herz. »Also, nicht ich, aber mein ... *ein* Freund von mir ist Fotograf und veranstaltet ein Casting und ich bin sicher, Sie werden ihn überzeugen ...«

Ach herrje. Irgend so ein Hobbyknipser. Das auch noch. Rupert senkte seine Stimme.

»Das Projekt heißt ›Stadtnymphen‹ und Ihre Agentin meinte, Sie wären entzückt, bei einem Shooting von Leonardo DaSilva dabei zu sein.«

Valentina japste recht undamenhaft nach Luft. *Leonardo DaSilva!* Und ob sie daran interessiert war! Sie kannte kein Model, das nicht seinen rechten Arm für so eine Chance geben würde. Valentina zog Rupert wieder an sich heran.

»Ich glaube, um überzeugend zu wirken, sollten Sie mir Ihren Arm reichen«, schlug sie vor und mit einem erleichterten Lächeln folgte Rupert ihrer Aufforderung.

Natürlich hatten sie hervorragende Plätze, und nachdem sie nun direkt geklärt hatten, wie sie zueinanderstanden, konnte Valentina den Abend in Gesellschaft von Rupert Schultheis tatsächlich genießen, auch wenn dieser rasch wieder zu seiner anfänglichen Überschwänglichkeit zurückgefunden hatte. Er erzählte von dem Großhandel für Spielwaren, den er leitete und den schon sein Großvater aufgebaut hatte und konnte dabei mit allerlei amüsanten Anekdoten aufwarten. Wobei die Befindlichkeiten des alten Mannes leider auch der Grund dafür waren, dass Ruperts Outing wohl noch ein wenig hinausgeschoben werden musste.

In der Pause schlenderten sie wieder Arm in Arm durch die Gänge und nippten an einem Champagner, während Rupert sie beiläufig einigen Bekannten vorstellte. Da es sich dabei überwiegend um Personen im Rentenalter handelte, ging Valentina davon aus, dass sie ihre Gesprächspartner wohl hauptsächlich deshalb begrüßten, damit diese vor dem Opa von Ruperts charmanter Begleiterin schwärmen konnten. Sie gab sich alle Mühe, dem auch gerecht zu werden, und Ruperts frohes Gesicht zeigte ihr, dass sie damit auch Erfolg hatte.

Schon schien Rupert wieder jemanden zu entdecken, den er kannte, denn er zog sie eifrig weiter.

»Oh, da ist Elisabetta«, sagte er entzückt. »Sie hat mir ein wunderbares Bild verkauft, Sie müssen sie kennenlernen!«

Doch Valentina hatte nur Augen für den Mann, der neben der schlanken Blonden stand.

Maximilian.

Niemals Max oder – Gott bewahre – Maxi oder gar Mäxchen.

Der Mann, der vor drei Jahren, einem Monat und fünf Tagen gutaussehend, reich und weltgewandt in ihr Leben geplatzt war, und den es nur ein Fingerschnipsen gekostet hatte, ihr Herz nicht einfach nur zu brechen, sondern es in tausend Stücke zu zerreißen.

Der letzte Mensch, mit dem sie jemals wieder ein Wort wechseln wollte.

***

Maximilian klatschte höflich, als sich der Vorhang vor der Pause schloss. Dabei fand er die Inszenierung eigentlich ein wenig bieder – aber das würde er lieber nicht laut äußern, denn so sehr er klassische Gemälde liebte, mit klassischer Musik konnte er recht wenig anfangen. Elisabetta sah jedenfalls zufrieden aus, also reichte er ihr den Arm und führte sie aus der Loge, um ihnen zwei Gläser Champagner zu organisieren.

Kaum waren er und seine Frau entsprechend ausgestattet, als Elisabetta auch schon eine Gruppe distinguierter Damen und Herren ansteuerte. Maximilian verdrehte heimlich die Augen, eigentlich wäre er lieber mit seiner Frau allein

gewesen. Dennoch schaffte er es, sich angemessen zu benehmen. Dem Stadtrat versicherte er, dass seine Frau heute
besonders entzückend aussähe, einem Chefarzt gratulierte er
zum Erwerb der neuen Villa und einem Produzenten zum
Erfolg seines jüngsten Filmes. Ansonsten überließ er die Kon-
versation Elisabetta, Smalltalk war schließlich ihre Domäne.
Er kam dann zum Zug, wenn es um das Handeln und Feil-
schen ging. Obwohl – wenn er da an die Salazars dachte, da
war er ja nicht so erfolgreich gewesen, als es darum ging, den
Preis zu drücken.

Rasch verdrängte er das chilenische Paar aus seinen
Gedanken und beobachte stattdessen Elisabetta aus den
Augenwinkeln. Sicher beneideten ihn einige in der Runde um
seine schöne Frau, die sich so elegant auf dem gesellschaft-
lichen Parkett bewegte. Doch irgendwie erschien sie ihm
heute besonders reserviert zu sein. Oder benahm sie sich wie
immer? Vielleicht lag es auch an dem hellblauen Cocktail-
kleid, dass sie ihm so kühl vorkam? Die schmale Kombination mit dem knappen Bolero, dazu noch das kurze, hell-
blonde Haar – sie sah aus wie der Inbegriff einer
Eisprinzessin.

Maximilian seufzte innerlich und ließ seinen Blick über
das Gedränge schweifen. Vielleicht war die Oper doch keine

so gute Idee gewesen. Eine schummerige Bar mit einem Klavierspieler wäre …

Jäh wurden seinen Gedanken unterbrochen. Ein wunderschön anzusehendes Paar betrat das Foyer. Der Mann war gut in Form und sehr geschmackvoll gekleidet, an seiner Seite eine jener Frauen, die es mühelos schaffen, alle Blicke auf sich zu lenken, ohne selbst etwas davon zu merken. Maximilian schluckte hart.

Ein cremefarbenes Kleid umspielte ihre weiblichen Rundungen, ihr langes, braunes Haar fiel in sanften Wellen über ihren Rücken bis fast auf die Hüfte und ihr strahlendes Lächeln konnte man einfach nur bezaubernd nennen.

Sie sah aus wie ein Engel, während sie am Arm des anderen Mannes durch den Raum schritt. Gerade beschloss er, sich nun doch auf ein tiefsinniges Gespräch mit dem Produzenten einzulassen, um nicht in die Verlegenheit zu geraten, sie begrüßen zu müssen, als der Mann an ihrer Seite Elisabetta entdeckte und sich daraufhin eine Miene freudigen Erkennens auf seinem Gesicht abzeichnete. Er wandte sich zu seiner Begleiterin, zweifelsohne um sie darauf vorzubereiten, der Galeristin vorgestellt zu werden.

Maximilian wartete gar nicht erst ab, wie sie darauf reagieren würde, fühlte sich doch schon ihr Anblick an der Seite eines anderen Mannes an, als hätte er soeben einen Schlag in den Magen erhalten.

»Du entschuldigst mich kurz«, sagte er gepresst zu seiner Frau.

Die nickte abwesend. Ohne sich um die verwunderten Blicke der anderen Anwesenden zu kümmern, drängte Maximilian sich resolut zum Treppenhaus durch und eilte die Stufen hinab bis ins Untergeschoss an die Bar.

Er brauchte einen Moment für sich. Und einen Drink!

Der Barkeeper schien seine Nöte zu ahnen, trotz des Gedränges hatte er in Rekordzeit einen doppelten Grappa in der Hand. Er kippte ihn in einem Zug hinunter, während er immer noch glaubte, die Frau vor sich zu sehen, die ihn derartig erschüttert hatte.

Valentina.

Musste es ausgerechnet Valentina sein, die ihm über den Weg lief, wenn er *einmal* in die Oper ging?! Ausgerechnet sie. Die einzige Frau, die ihn jemals fast dazu verleitet hätte, den gleichen Fehler zu begehen wie seine Mutter und sich zu verlieben. Doch sie hatte das Herz, das er ihr schenken wollte, nicht einfach nur in den Schmutz geworfen, nein, sie war auch noch darauf herumgetrampelt!

Verdammt, wie peinlich war das eigentlich? Auch nach all der Zeit ließ er sich von diesem hinterlistigen Biest immer noch aus der Ruhe bringen, das konnte doch nicht wahr sein! Das war doch nicht Maximilian Wolff, angesehener Galerist, international geschätzter Kunstdetektiv und bekannter Playboy?!

Doch allein der Gedanke, dass sie ihn auch gesehen haben musste, dass sie sich nun mit ihrem Begleiter köstlich über sein albernes Benehmen amüsieren würde, brachte Maximilians Blut erneut in Wallung. Er orderte noch einen Drink.

Aber diesmal kippte er den Grappa nicht auf Ex in den Rachen. Nachdenklich ließ er die klare Flüssigkeit in seinem Glas kreisen, atmete mehrmals tief ein und aus.

Valentina. Die Frau, die ihn verraten hatte. Der es gelungen war, ihn mit ihrer gespielt unschuldigen Art vorzuführen, als sei er ein dummer Schuljunge. Elendes Miststück.

Sie schuldete ihm noch etwas. Aber ein Maximilian Wolff war niemand, der anderen einfach so ihre Schulden erließ. Er würde bekommen, was ihm zustand. Und sie dafür leiden lassen, was sie getan hatte.

Er nahm noch einen Schluck Grappa und spürte dem Brennen nach, als dieser seine Kehle hinunter rann. Doch mehr als jeder Schnaps es je könnte, wärmte nun die Vorstellung sein Herz, dass es diesmal Valentina sein würde, die verzweifelt und unglücklich zurückblieb, während er sich nur achselzuckend abwenden und sich wieder seinem erfolgreichen Leben und seiner wunderschönen Ehefrau widmen würde.

Genau. Er würde den Spieß umdrehen. Wenn er mit ihr fertig war, würde *sie* sich wünschen, ihn nie getroffen zu haben!

Maximilian spürte, wie er sich unwillkürlich aufrichtete und die Schultern straffte. Sein Blut schien schneller durch seine Adern zu kreisen und seine Sinne schärften sich.

Er kannte dieses Gefühl. Jagdfieber. Elisabetta war es mit ihren langweiligen Projekten nicht gelungen, es zu entfachen, doch nun war es wieder da, und seine Beute hieß Valentina.

Maximilian trank den Grappa aus und machte sich daran, zu seiner Frau zurückzukehren, die sicher schon wieder an ihrem Platz saß und ungeduldig nach ihm Ausschau hielt. Aber er hatte jetzt ein anderes Ziel vor Augen. Doch wenn er seine Rache bekommen hatte, würden Elisabetta und er wieder genauso glücklich und zufrieden zusammenleben, wie sie es die letzten zwei Jahre getan hatten!

***

Nach Maximilians Abgang schaffte es Elisabetta kaum, das süffisante Lächeln zu unterdrücken, das sich unbedingt auf ihr Gesicht drängen wollte. Dabei war eigentlich sie es gewesen, die beim Anblick von Rupert Schultheis am liebsten die Flucht ergriffen hätte. Wenn der Kaufmann nicht wollte, dass alle Welt merkte, dass er schwul war, wieso trat er dann ständig so tuntig auf? Unerträglich!

Doch als Elisabetta registrierte, wie ihr Ehemann auf die Frau an der Seite von Rupert reagierte, war sie plötzlich ganz begierig darauf, mit den beiden zu reden.

»Elisabetta, was für eine Freude!«, rief der Schultheis auch schon hingerissen aus. »Wie immer sind Sie eine Augenweide, was für ein Glanz in diesem betagten Haus!«

Etwas gezwungen lächelnd reichte Elisabetta ihm die Hand.

»Die Freude ist ganz auf meiner Seite«, behauptete sie.

»Darf ich Ihnen meine überaus reizende Begleitung, Valentina Lauterbach, vorstellen?«

Ruperts Begleiterin schien dessen Begeisterungsstürme ebenfalls ein wenig übertrieben zu finden, jedenfalls zwinkerte sie Elisabetta verstohlen zu, als sie ihr die Hand reichte. Unter anderen Umständen wäre ihr die Frau vielleicht sogar sympathisch gewesen, doch im Augenblick interessierte es sie viel mehr, wie es der anderen gelungen war, Maximilian so schnell in die Flucht zu schlagen. Herrje, wenn sie auch über diese Fähigkeit verfügen würde, könnte sie endlich wieder in Ruhe arbeiten, ohne dass ihr Mann ihr ständig auf die Finger sah oder sie mit Ideen für gemeinsame Unternehmungen nervte.

»Valentina arbeitet als Model«, erklärte Rupert salbungsvoll.

»Das hätte ich fast vermutet, aber so etwas kann man ja nicht mehr sagen, das klingt ja nach einem abgedroschenen Kompliment«, entgegnete Elisabetta aalglatt, und fragte Rupert, wie er mit der Wirkung des Gemäldes, das sie ihm verkauft hatte, zufrieden war.

Was den Mann wie erwartet zu einer endlosen Rede ermunterte. Gut so. Denn da klingelte doch was bei ihr … ein Model namens Valentina … könnte es sich dabei um die Frau handeln, die Maximilian einmal erwähnt hatte, als sie an einem Sommerabend mehr als eine Flasche Rotwein geköpft hatten und reichlich betrunken zusammen auf ihrer Terrasse saßen? Es war einer der netteren Abende mit ihrem Mann gewesen, nicht nur, dass er ungewöhnlich offen ihr gegenüber gewesen war, nein, als sie endlich ins Bett gingen, war er auch zu besoffen gewesen, um mit ihr schlafen zu wollen.

Jedenfalls hatte er da so ein paar Bemerkungen über das unglückliche Ende einer Beziehung fallen lassen. Zu einem Model. Valentina? Verdammt, sie hatte an dem Abend auch zu viel erwischt! Aber so, wie er Valentina vorher angesehen hatte, war sie es, und ihr Mann war noch lange nicht darüber hinweg.

Elisabetta grinste innerlich. Ausgerechnet ihr Mann, vor dem sonst kein Rock sicher war! Zu komisch. Eine Frau, die nicht sehnsüchtig schmachtend zurückblieb, wenn er sie verließ – Maximilian hatte nicht so ausgesehen, als würde er das auf sich beruhen lassen. Er würde alles tun, um diesen, seiner Meinung nach wahrscheinlich gottgegebenen Zustand herzustellen, und deshalb in nächster Zeit sowohl ihr Geschäft, als auch seine Frau hoffentlich mit seinen Aufmerksamkeiten verschonen.

Eine Einschätzung, die sich bestätigte, als sie wenig später wieder auf ihrem Platz saß und das entschlossene, grimmige Gesicht sah, mit dem Maximilian seinen Sitzplatz ansteuerte. Oh ja, er würde demnächst anderes zu tun haben, als ihr auf die Nerven zu fallen!

Was für ein überaus gelungener Abend, dachte Elisabetta und lehnte sich entspannt zurück.

AUFTAKT

»Noch einen Kaffee?«, fragte Elisabetta höflich.

»Mhm«, machte Maximilian hinter seiner Zeitung.

Allerdings gab er nur vor, völlig von einem Artikel über den Klimawandel gefesselt zu sein. In Wahrheit dachte er über den vergangenen Abend nach. Was er sich da alles ausgemalt hatte, um Valentina fertig zu machen! Nüchtern und bei Tageslicht betrachtet erschienen ihm diese Rachepläne doch ein wenig kindisch zu sein. Er sollte sie einfach vergessen und sich wieder seinem eigenen Leben widmen.

»Was hast du heute vor?« Elisabetta schien seine mangelnde Gesprächigkeit nicht zu stören. »Sven wollte in einer Stunde vorbeikommen, damit wir das Konzept für seine Ausstellung besprechen können. Willst du da dabei sein?«

Maximilians Hände krallten sich in die Zeitung. Sven war einer der vielversprechenden jungen Künstler, denen sie hin- und wieder die Möglichkeit gaben, ihre Werke in ihrer Galerie auszustellen. An Sven war nichts verkehrt, aber unabsichtlich hatte Elisabetta ihn mit ihrer Bemerkung daran erinnert, wie er Valentina kennengelernt hatte. Als er damals gerade die Galerie eröffnet hatte, war er auf der Suche nach unentdeckten Talenten in der Kunsthochschule gelandet. Begeistert hatte deren Direktor ihn gleich mit in einen Kurs geschleppt, um ihm ein paar interessante Nachwuchskünstler vorzustellen. Eifrig waren die jungen Malerinnen und Maler gerade dabei gewesen, eine Skizze von einem Aktmodell anzufertigen.

Sofort waren ihm die Schüler egal gewesen, er hatte nur noch Augen für das Model gehabt. Wie wunderschön sie ausgesehen hatte, verführerisch und unschuldig zugleich.

Es war ihm ganz egal gewesen, dass er sich vor der ganzen Klasse zum Narren machte, aber als die Stunde vorbei war und Valentina in einen flauschigen Bademantel geschlüpft war, hatte er nicht locker gelassen, bis sie seine Einladung zum Essen angenommen hatte.

Am nächsten Tag führte Maximilian sie in ein teures Restaurant aus in der Hoffnung, sie mit einem Gourmetmenü und teuren Weinen zu beeindrucken.

»Haben Sie auch Bratkartoffeln?«, hatte Valentina nach einem Blick in die Karte gefragt und sich dabei wie selbstverständlich über die Tagesempfehlung, ›Thunfischsteak an Wakame-Algensalat‹ hinweggesetzt. »Ich liebe Bratkartoffeln!«

Damit hatte sie ihm und dem aufgeblasenen Kellner erstmal den Wind aus den Segeln genommen. Schon in dem Moment hatte Maximilian geahnt, dass mit Valentina alles anders war. Dass sein Plan, nach dem Essen schnellstmöglich mit ihr im Bett zu landen, womöglich so nicht funktionieren würde.

Tatsächlich saßen sie dann bis spät in die Nacht in dem Restaurant und redeten. Außer einem geradezu schüchternen Händchenhalten auf dem Nachhauseweg war an diesem Abend nichts passiert. Aber es hatte ihm nichts ausgemacht, ganz im Gegenteil …

Maximilian knallte die Zeitung auf seinen Teller.

»Nein, ich will bei dem Treffen mit Sven nicht dabei sein«, sagte er ungewollt heftig zu seiner Frau. »Ich habe noch etwas zu erledigen. Gib mir einfach Bescheid, wenn das Konzept steht.«

Damit stand er auf und verschwand in sein Büro. Oh nein, so einfach würde er Valentina nicht davonkommen lassen. Von wegen kindisch!

Allerdings durfte er nichts überstürzen, sich durch seine Wut nicht zu irgendwelchen übereilten Schritten hinreißen lassen. Nein, diese Sache musste er kühl und überlegt angehen – wie eines seiner Projekte.

Als erstes brauchte er mehr Informationen über sie. Vermutlich war keine der rührseligen Geschichten, die sie ihm damals erzählt hatte, auch nur ansatzweise wahr. Egal. Er würde schon etwas finden, womit er sie unter Druck setzen konnte. Sie war doch damals schon vor allem auf sein Geld scharf gewesen, schließlich hatte sie die erste Gelegenheit beim Schopf ergriffen, um Kapital aus der Beziehung mit ihm zu schlagen. Wahrscheinlich hätte sie ihn inzwischen ausgenommen wie eine Weihnachtsgans, wenn er das Komplott an diesem Abend nicht zufällig aufgedeckt hätte. Aber obwohl sie gestern am Arm von diesem reichen Heini gehangen hatte, war doch nicht zu übersehen gewesen, dass ihr Klamottenbudget nicht gerade riesig war.

Seit er mit Elisabetta zusammen war, hatte Maximilian ein gewisses Gespür dafür entwickelt, wie sehr ein neues Outfit ihr gemeinsames Konto belasten würde. Das Ensemble, das seine Frau gestern getragen hatte, schätzte er zum Beispiel auf einen vierstelligen Betrag. Valentina dagegen hatte um einiges bezaubernder ausgesehen – und dafür maximal hundert Euro hingelegt.

Verärgert rieb Maximilian sich die Stirn. Was dachte er denn da! Er musste wirklich aufpassen, dass diese Sirene ihn nicht wieder in ihren Bann zog.

Zuerst musste er mal herausfinden, wer dieser komische Kauz war, mit dem sie gestern unterwegs gewesen war, und ob das was Ernstes war. Er hätte natürlich Elisabetta fragen können, aber er wollte die Aufmerksamkeit seiner Frau lieber nicht auf sein seltsames Benehmen gestern lenken.

Aber es war ja nicht so, dass er nicht wusste, wie man an Informationen kam. Entschlossen griff Maximilian nach dem Telefon und wählte.

»Privatdetektei Pofalla, Kerstin Kemm am Apparat, was kann ich für Sie tun?«

»Kerstin! Was für eine Wohltat, deine Stimme zu hören. Ich lade dich zum Essen ein – wenn du schwörst, dass du diesen gruseligen Felix in die Wüste geschickt hast.«

»Nur weil jemand den schwarzen Gürtel in Karate hat, ist er noch lange nicht gruselig«, erklärte sie gespielt streng.

»Das bedeutet wohl, dass er immer noch aktuell ist«, seufzte er.

Maximilian mochte die Sekretärin seines Freundes, ihre unkomplizierte Art, mit ihrer Sexualität umzugehen, und er mochte die Tattoos, die sie normalerweise unter einem strengen Bürooutfit versteckte. Leider zeigte sie diese nach eigenen Angaben seit einiger Zeit nur noch diesem Felix. Aber so richtig zum Flirten aufgelegt war er sowieso nicht.

»Deswegen hast Du doch nicht angerufen, um dich nach meinem Beziehungsstatus zu erkundigen, oder?«, fragte Kerstin. »Will dir mal wieder jemand den Familienschatz nicht verkaufen?«

»Nein, es geht um was Privates«, entgegnete er vage.

»Oh.«

Dieses ›Oh‹ ärgerte ihn. Kerstin hatte dieses ›Oh‹ auf eine ganz bestimmte Weise betont. So, als vermute sie viel mehr hinter der Geschichte, als in Wirklichkeit dran war.

»Hör mal, damit wollte ich nicht sagen …«, begann er, bis ihm auffiel, dass er bereits die Melodie hörte, die ihm zeigte, dass er weiterverbunden wurde.

Auch gut. Die Sache mit Valentina ging Kerstin sowieso nichts an. Reichte völlig, dass er Günter einweihen musste.

»Ich brauche alles über eine gewisse Valentina Lauterbach!« Mit einer Begrüßung hielt Maximilian sich gar nicht erst auf, als er den Detektiv endlich persönlich an der Strippe hatte. »Privates und berufliches Umfeld, finanzielle Situation und natürlich sämtliche Leichen, die sie im Keller hat«, ratterte er herunter.

Sein Freund sollte sich bloß nicht einfallen lassen, ebenfalls ›Oh‹ zu sagen!

***

Sie sprang die Stufen des Treppenhauses hinunter und eilte auf die Haustür zu. Keinen Gedanken hatte sie daran verschwendet, dass ja auch jemand anderes hätte klingeln können – der Postbote, zum Beispiel – sie wusste einfach, dass es Maximilian war.

Und tatsächlich stand er vor ihrem Haus und breitete die Arme aus, als er sie sah. Valentina lief zu ihm, er packte sie, wirbelte sie herum, als sei sie ein Kind, und sie kreischte vor Vergnügen.

»Ich habe das ganze Wochenende frei!«, sagte er atemlos. »Was willst du unternehmen?«

»Ich … ich würde gerne mal auf den Olympiaturm hoch.«

Oh, verdammt! Am liebsten hätte sie die Worte zurück in ihren Mund gestopft. Mit einem Mann wie Maximilian fuhr man doch nicht auf den Olympiaturm. Da ging man in eine angesagte Cocktailbar oder besuchte eine Vernissage.

Aber es war wie immer, wenn sie mit ihm zusammen war. Allein seine Anwesenheit setzte ihren Körper in Aufruhr: Ihr Magen machte Purzelbäume, ihre Haut prickelte, wo er sie berührte und ihre Beine waren so weich, dass sie sie kaum noch trugen – sie brauchte ihre ganze Kraft, um wenigstens einigermaßen normal zu

wirken, da blieb keinerlei Energie für das Gehirn übrig, um ab und
an mal einen intelligenten Gedanken fassen zu können.

Doch Maximilian strahlte.

»Tolle Idee! Los komm!«

Und dann waren sie auch schon oben, standen ganz dicht zu-
sammen und blickten über das nächtliche München. Er legte einen
Arm um ihre Schultern, und sie sah zu ihm hoch. Mehr Auf-
forderung brauchte er nicht, ganz sanft zog er sie an sich heran,
neigte seinen Kopf zu ihr.

Seine Lippen berührten die ihren. Sie waren weich und warm,
und dennoch fest und fordernd. Valentina genoss ihre Lieb-
kosungen, bis sie spürte, wie sich seine Zunge sanft vortastete. Ein
wahres Feuerwerk an Gefühlen brach über sie herein – das urplötz-
lich vom lauten Dröhnen einer Kirchenglocke unterbrochen wurde.

Valentina fuhr herum. Was hatte eine Kirchenglocke auf dem
Olympiaturm zu suchen?! Hilfesuchend drehte sie sich zu Maxi-
milian um – doch der entschwand gerade über dem dunklen Nacht-
himmel Münchens. Valentina schrie …

… und setzte sich schweißgebadet in ihrem Bett auf. Sie rang
nach Luft. Seit ein paar Tagen ging das nun schon so – die
Träume waren wieder da. Verflucht! Aber warum hörte das
Dröhnen der Glocken nicht auf? Nur langsam reifte in

Valentina die Erkenntnis, dass es sich dabei um ihren neuen Klingelton handelte.

»Mensch Val, wo steckst du denn?!« Inzwischen hatte ihre Mobilbox den Job übernommen, den Anruf anzunehmen, und Valentina hörte die Stimme ihrer Agentin, die sich vor Aufregung überschlug. »Mensch, du hast es echt geschafft, das Casting mit Leonardo DaSilva steht, und du bist dabei! Wenn Du nicht innerhalb von fünf Minuten zurückrufst, rede ich nie wieder ein Wort mit dir!«

Grinsend ließ Valentina sich zurück auf ihr Kissen fallen. Der Schrecken des Traumes verblasste. Leonardo DaSilva war nicht einfach nur ein Fotograf – das war ein Künstler. Wenn sie erst einmal mit Leonardo DaSilva zusammenge- arbeitet hatte, gehörten alle ihre Sorgen der Vergangenheit an.

Sie angelte sich ihr Handy. Natürlich würde sie sich diese Chance nicht entgehen lassen, auch wenn sie nach dem Abend in der Oper wieder von diesen schrecklichen Träumen geplagt wurde. Aber Maximilian Wolff war Vergangenheit. Sie würde sich jetzt ganz darauf konzentrieren eine von Leonardos Stadtnymphen zu werden!

***

Wie immer hatte sein Freund schnell und gründlich gearbeitet, und nachdem er die gewünschten Informationen erhalten hatte, suchte Maximilian sofort das Detektivbüro auf. Kerstin Kemm telefonierte und winkte ihn einfach zu Günter durch.

Maximilian atmete heimlich auf, ersparte ihm das doch irgendwelche Erklärungen. Wie üblich hatte Günter Pofalla ihm seine Ergebnisse ganz altmodisch per Post und nicht als Mail geschickt. Normalerweise hätte er nun einfach Kerstin angerufen und um die Rechnung gebeten – doch diesmal sah die Sache anders aus. Er wollte nicht riskieren, dass außer ihm irgendjemand diese Informationen zu Gesicht bekam.

»Maximilian! Jetzt sag nicht, dass dir die Recherche nicht umfangreich genug war!«

»Passt schon.«

Maximilian setzte sich auf den Besucherstuhl vor dem wuchtigen Schreibtisch und schob dem Freund ein Geldbündel zu. Ein Bündel, das doppelt so dick war, wie es eigentlich sein sollte.

»Gute Arbeit.«

Im Nullkommanix ließ Günter das Geld in einer Schreibtischschublade verschwinden. Dann sah er ihn abwartend an.

»Niemand erfährt etwas davon«, sagte Maximilian knapp.

Günter zog nur die Augenbrauen hoch.

»Ich weiß, das käme für dich sowieso nicht in Frage …
aber mir wäre einfach wohler, wenn du die Ergebnisse vernichten würdest.«

Sein Freund atmete hörbar auf.

»Du willst sie also nicht damit erpressen?«

»Weiß ich noch nicht«, schnappte Maximilian ungehalten.
»Was mit dieser Mappe passiert, habe ich noch nicht ent-
schieden.«

Günter verzog das Gesicht.

»Maximilian, sie arbeitet als Model. Wenn die Presse Wind
von der Sache bekommt, wird sie kaum noch gebucht werden …«

»Spar dir die Moralpredigt«, unterbrach er den Detektiv.
»Du hättest mir die Infos ja nicht geben müssen, oder? Also
spiel jetzt nicht den Tugendbold.«

»Ich habe dir alles gegeben, was ich herausgefunden habe,
weil ich dich bisher immer für tugendhaft gehalten habe«,
knurrte sein Freund.

»Wenn es dich beruhigt, ich versuche es erstmal ganz altmodisch mit Geld«, sagte Maximilian grantig.

Was bildete Günter sich eigentlich ein, das ging ihn doch
nichts an, was er tun würde oder nicht.

»Für ihren bescheidenen Lebensstil reichen ihre Rücklagen noch eine Weile«, gab Günter zu bedenken. »Valentina scheint niemand zu sein, der großen Wert auf Luxus legt.«

»Das sehe ich anders. Außerdem hat jeder seinen Preis.«

»Was hat dir die Frau eigentlich getan?«, fragte Günter, winkte dann jedoch sofort ab. »Ich will's gar nicht wissen. Aber wenn du damit fertig bist, dich wie ein Idiot zu benehmen, kannst du es mir ja erzählen.«

Verärgert stand Maximilian auf.

»Ich bin nicht hergekommen, um mich blöd anmachen zu lassen. Wenn *du* fertig damit bist, dich wie ein Idiot zu benehmen, kannst du dich ja melden.«

An der Tür drehte er sich jedoch nochmal um.

»Denk daran, deine Rerchercheergebnisse zu vernichten!«

Denn wenn jemand Valentina dazu zwingen würde, fügsam alles zu tun, was er verlangte, dann er, und sonst niemand!

***

Ein anderer Auftrag war leider nicht in Sicht, und so schien es Valentina, als zögen sich die Tage bis zu dem großen Ereignis endlos hin, doch dann war es endlich soweit – das Casting mit Leonardo DaSilva stand an. Zwar war die Nacht davor ein wenig kurz gewesen, bereits um vier Uhr morgens wachte Valentina auf und konnte vor Aufregung nicht mehr einschlafen. Das passierte ihr normalerweise nicht mehr, aber mit etwas Kaffee-Creme und einer dezenten Foundation würde sie die Augenringe schon bekämpfen können.

Nachdem sie stundenlang das Bad blockiert hatte, traf sie ihre Freundinnen in der Küche an – bereits in eine heftige Diskussion verstrickt.

»Hier steht's: Der Anfang ist gemacht! Nutzen Sie die Gunst der Stunde! Das kann doch nur bedeuten, dass er endlich der Richtige für mich ist«, rief Freddy gerade und wedelte Wanda mit einer Zeitschrift vor der Nase herum.

»Ich dachte, nach dem letzten Reinfall wolltest du keine Horoskope mehr lesen?«, mischte Valentina sich sanft ein.

Wanda rollte nur mit den Augen und Freddy sah beschämt zur Seite. Rasch fügte Valentina hinzu:

»Aber wenn es dir wirklich ernst ist – du siehst heute besonders hübsch aus. Du wirst deinem Auserwählten bestimmt ordentlich den Kopf verdrehen!«

»Du kennst doch die Typen, die sie anschleppt. Spätestens nach einer halben Stunde wird sie sich wünschen, ihm den Kopf einmal ganz rum zu drehen«, grummelte Wanda.

»Ach Quatsch«, wiegelte Valentina ab. »Ich habe heute übrigens das Casting mit Leonardo DaSilva. Was sagt denn mein Horoskop dazu?«

Eifrig schlug Freddy die Zeitschrift wieder auf, klappte sie jedoch recht schnell wieder zu.

»Wanda hat schon recht, Horoskope sind Blödsinn.«

Valentina lachte.

»Also nicht so toll? Keine Sorge, ich glaube doch sowieso nicht daran. Drückt mir lieber die Daumen, da habe ich mehr davon.«

Sie umarmte die Freundin noch einmal, dann schnappte sie sich ihre Tasche und machte sich auf den Weg.

Eine Stunde später fragte Valentina sich allerdings, was wohl in ihrem Horoskop gestanden hatte. Es war einer jener Tage, an denen sie sich völlig fehl am Platz vorkam.

Magermodels sind total out. Du bist schlank. Deine Rundungen machen dich erst zur Frau.

Wie ein Mantra sagte sie sich das immer wieder vor. Doch es war verdammt schwer, daran zu glauben, wenn man nur von Bohnenstangen umgeben war. Von sehr vielen Bohnenstangen übrigens, wie sie missmutig feststellte.

Dabei sollte sie sich lieber auf die atemberaubende Location konzentrieren. Das Shooting fand auf einer hochmodernen Dachterrasse statt, die nicht nur über einen Pool verfügte, sondern sogar teilweise begrünt war. So hübsch das anzusehen war, der Haken war leider, dass die Models sich für die Aufnahmen auf der Wiese drapieren sollten. Aber vielleicht sah die ja nur so echt aus und es handelte sich in Wahrheit um einen Kunstrasen, der völlig steril und frei von Insekten war?

Na, wenigstens waren die Kostüme der Models hübsch, luftige, schillernde Stoffe und Kopfbedeckungen, die aussahen wie kunstvolle Blumengestecke.

Endlich war sie an der Reihe und wurde mit drei anderen Models von einem der zahlreich anwesenden Assistenten auf die Wiese gescheucht. Leonardo DaSilva hielt es dagegen offenbar für unter seiner Würde, selbst mit den Fotomodellen zu sprechen. Er ließ seine Anweisungen von einem weiteren Assistenten übermitteln. Wie hingehaucht sollten sie aussehen, aha. Valentina gab sich Mühe, ihre Bedenken zu überspielen und nahm mit einem mulmigen Gefühl auf der Wiese Platz – bis sie plötzlich jemand am Nacken kitzelte. Sie schielte über ihre Schulter, kreischte laut und sprang blitzartig auf.

Hinter ihr stand ein Schaf!

»Immer mit der Ruhe – das sind Urschafe, die sorgen für den biologischen Kreislauf auf dem Dach«, erklärte einer der Assistenten.

Was?!

»Das … das kann doch woanders dafür sorgen«, keuchte Valentina.

»Ignorier es einfach«, sagte der Gehilfe und zuckte mit den Achseln. »Die können ruhig mit aufs Bild.«

Valentina starrte das Schaf an. Das starrte zurück. Ja, sie könnte sogar schwören, dass das Viech ihr frech zuzwinkerte. Ganz so, als wolle es sagen: Wenn du nicht mit Leonardo DaSilva arbeiten willst, Bitteschön, dann werde ich halt ›Germany's next Topmodel!‹

»Leg dich wieder hin«, quengelte der Assistent. »Leo braucht einen verträumten Gesichtsausdruck!«

Ja, klar, dem *Leo* blies ja auch kein Schaf seinen heißen Atem ins Ohr! Valentina schüttelte heftig den Kopf. Unter gar keinen Umständen würde sie sich diesem Tier wieder nähern!

Leonardo DaSilva nahm seine Kamera runter und wandte sich wieder an einen seiner Assistenten, der daraufhin knapp zu Valentina sagte:

»Du kannst gehen. Für derartig hysterische Ziegen ist hier kein Platz.«

Wie bitte?

»Aber … ich kann doch nichts für dieses aufdringliche Schaf!«

Oder meinte DaSilva womöglich das Tier und nicht sie?

»Na los, verschwinde. Du bist eh nicht Leos Typ.«

Alles klar, er meinte sie. Valentina warf ihren Kopf zurück und bemühte sich, ihren Abgang so hoheitsvoll wie möglich zu gestalten. Pah, sie hatte eh keinen Bock, mit solchen unfairen Idioten zusammenzuarbeiten. Auf so einen Mist war sie doch nicht angewiesen!

***

Valentinas Wut war verraucht und mit schweren Schritten erklomm sie die Treppe zu ihrer WG hinauf. Oh Mann, sie hatte so große Hoffnungen in das Shooting mit Leonardo DaSilva gesetzt, und dann das! Dabei hätte sie eigentlich in dem Moment, in dem sie die anderen Models gesehen hatte, wissen müssen, dass DaSilva sie sowieso nur eingeladen hatte, um Rupert Schultheis einen Gefallen zu tun, schließlich entsprach sie so gar nicht dem Typ, den er sich als Stadtnymphe vorstellte. Dann auch noch die Sache mit dem Schaf … okay, das hatten weder Rupert noch DaSilva wissen können, es passte einfach nur zu ihrer momentanen Pechsträhne, dass sie auch noch so ein Viech angefallen hatte.

»Hallo?«, rief Valentina, als sie die Wohnungstür aufschloss, doch niemand antwortete.

Klar, Freddy hatte ja ein Date, und Wanda nutzte das schöne Wetter sicher für irgendeine sportliche Betätigung. Müde ließ Valentina sich auf einen der Küchenstühle fallen, als das Klingeln des Telefons sie auch schon wieder aufschreckte.

»Valentina?«, meldete sich eine schrille Stimme, kaum dass sie abgehoben hatte.

Valentina seufzte resigniert.

»Hallo Mama.« Die hatte ihr heute gerade noch gefehlt. »Was brauchst du denn diesmal?«

»Wie kannst du nur?«, entsetzte sich ihre Mutter. »Ich brauche doch keinen Grund, um meine einzige Tochter anzurufen, oder?«

»Natürlich nicht. Wie geht es dir, Mama?«

Je schneller ihre Mutter ihre üblichen Vorwürfe – oder Forderungen – loswurde, umso besser.

»Schlecht!«, erklärte ihre Mutter erwartungsgemäß weinerlich. Doch dann überraschte sie Valentina, indem sie nicht zu der gewohnten Litanei über ihre undankbare Tochter ansetzte, sondern leise hinzufügte: »Ich kann einfach nicht mehr.«

»Wie meinst du das?«, fragte Valentina alarmiert.

»Das weißt du doch.«

Schluchzte ihre Mutter leise? Weinte sie womöglich?

»Mama …?«

»Ich … ich brauche Hilfe …«, schniefte die.

Das hörte sich verdammt ernst an. Valentina hatte noch nie erlebt, dass ihre Mutter zugegeben hätte, dass sie Hilfe brauchte. Normalerweise schaffte sie es mühelos, eine Bitte als berechtigten Anspruch zu formulieren. Vorsichtig versuchte Valentina herauszufinden, um was es eigentlich ging. Einige Minuten und viele Schluchzer später rückte ihre Mutter schließlich mit der Sprache heraus.

»Ich würde gerne eine Therapie machen – du weißt schon, wieso – aber die Krankenkasse will nicht zahlen. Dabei hat die Klinik so einen guten Ruf, sie arbeiten da mit Pferden, um die Traumata der Patienten aufzubrechen …«

Valentina spürte, wie ihr die Tränen in die Augen traten. Nie hätte sie geglaubt, dass ihre Mutter an einem Trauma litt! Ja, sie hätte schwören können, dass ihre Mutter die ganze Welt für das Unglück, das über ihre Familie hereingebrochen war, verantwortlich machte – aber keinesfalls sich selbst! Doch offenbar sah das in Wahrheit ganz anders aus.

»Was soll denn der Aufenthalt in dieser Klinik kosten?«, fragte Valentina sanft.

Bei dem Preis wurde ihr ein wenig schlecht. Doch das hoffnungsvolle: »Willst du mir wirklich helfen?«, ihrer Mutter entschädigte sie für den ängstlichen Knoten, der sich in ihrem Magen bildete.

»Natürlich!«, sagte sie fest.

Immerhin ging es hier um ihre Mutter. Und sie würde sie in so einem Augenblick sicher nicht hängen lassen, ganz egal, wie sie sonst zueinanderstanden!

***

Irritiert sah Maximilian von seinem Laptop auf, als eine Stretch-Limousine in die Einfahrt seiner Villa einbog und direkt vor dem Eingang zur Galerie hielt. Seltsam, Elisabetta hatte nicht erwähnt, dass sie jemanden erwarteten. Und Laufkundschaft – noch dazu in einer Stretch-Limousine – war eigentlich eher selten. Sehr selten.

Maximilian stand auf und beschloss, der Sache auf den Grund zu gehen, als das Klingeln des Telefons ihn ablenkte.

»Ja!«, meldete er sich unwirsch während er beobachtete, wie ein dunkelhäutiger Chauffeur aus dem noblen Fahrzeug sprang und den hinteren Wagenschlag öffnete.

»Herr Wolff? Sie hatten eines meiner Models angefragt …«

Sofort wandte er sich vom Fenster ab.

»Ja?«, fragte er um einiges interessierter.

»Tut mir sehr leid, aber Valentina Lauterbach ist derzeit anderweitig engagiert …«, behauptete die Agentin.

Ja, klar!

»Aber wenn ich Ihnen vielleicht die Sedcard von einigen Models zusenden dürfte, die ebenfalls wunderbar zu einer Kampagne für eine italienische Restaurantkette …«

»Ich glaube, wir haben uns nicht ganz richtig verstanden«, unterbrach er das Geschwafel. »Mir geht es einzig darum, Frau Lauterbach zu engagieren. Wenn Sie ein Geschäft machen wollen, sollten Sie sich lieber etwas einfallen lassen. Ich bin auch bereit, Ihre Mühen entsprechend zu entlohnen.«

»Tut mir leid, ich fürchte, da kann ich Ihnen nicht weiterhelfen«, ließ ihn die Agentin kühl wissen.

Verblüfft schluckte Maximilian die Summe, die er gerade nennen wollte, wieder hinunter. Das war ja mal eine Überraschung! Eigentlich war er davon ausgegangen, dass man in der Branche für Geld alles haben konnte. Hatte Valentina wirklich Skrupel, einen Job anzunehmen, bei dem sie ihm früher oder später über den Weg laufen musste? Er hätte sie für abgebrühter gehalten. Denn immerhin hatte er eine horrende Gage in Aussicht gestellt.

Ein kleiner Rückschlag also. Nun gut. Plan B, kein Problem.

»Wenn Sie es sich doch noch anderes überlegen, würde ich mich über einen Anruf freuen«, sagte die Agentin inzwischen professionell.

Doch Maximilian knurrte nur unwillig und verabschiedete sich rasch. Er würde es einfach riskieren und noch ein paar Tage warten. Unwahrscheinlich, dass Valentina ausgerechnet jetzt einen lukrativen Auftrag bekam. Wenn sie erst feststellte, dass das Geld auf ihrem Konto nicht mehr für die Miete reichte, würde sie schon einsehen, dass sie nicht mehr wählerisch sein konnte, was ihre Jobs anging.

Und er gedachte, ihr das ziemlich drastisch vor Augen zu führen.

WIEDERSEHEN

Eine unerwartete Begegnung setzt dich beruflich unter Druck.

Aus purer Langeweile war Valentina im Altpapierkorb auf die Suche nach Freddys Zeitschrift gegangen und hatte nachgesehen, was ihr die Freundin am Tag des Castings nicht vorgelesen hatte. Im Gegensatz zu Freddy glaubte sie ja eigentlich nicht an diesen Kram. Aber nun ärgerte sie sich doch darüber, dass das Horoskop das fiese Schaf scheinbar vorhergesehen hatte. So ein Quatsch!

Dieser Tag steht unter dem Einfluss von Uranus und fordert ihre ganze Kraft!, warnte das Horoskop sie heute auch noch. Na toll! Hatte sie womöglich übersehen, dass sie mit dem Küchendienst dran war? Denn um einen anstrengenden Job konnte es sich kaum handeln, da sie überhaupt keinen Job in Aussicht hatte.

In letzter Zeit wurde sie aber auch wirklich vom Pech verfolgt. Erst der Hund, dann das Schaf. Das einzige andere Angebot, das sie erhalten hatte, war ausgerechnet eine Kampagne für die Restaurantkette ›Caminata‹. Maximilians Restaurantkette.

Natürlich hatte sie ablehnen müssen. Ihn wiederzusehen, hätte sich ja gar nicht vermeiden lassen. Das hätte sie nicht ausgehalten, jetzt, da sie wusste, dass Maximilian nie der Mann gewesen war, für den sie ihn einst gehalten hatte. Das zeigte nicht nur das unrühmliche Ende ihrer Beziehung, sondern auch das, was sie in der Zwischenzeit in den Boulevardblättern über ihn gelesen hatte: Obwohl er jetzt verheiratet war, wurden ihm zahlreiche Affären mit den Sternchen der Münchner Schickeria nachgesagt.

Komisch war das aber schon, erst die Begegnung in der Oper, jetzt dieses Angebot. Das Geld hätte sie natürlich gut brauchen können. Doch so, wie die Dinge lagen, musste sie ihren Freundinnen heute Abend wohl gestehen, dass sie die Miete diesmal nicht pünktlich überweisen konnte.

Das Klingeln des Telefons schreckte sie auf, und ohne große Hoffnung nahm Valentina den Anruf entgegen.

»Günter Pofalla hier«, meldete sich eine sonore Männerstimme. »Spreche ich mit Valentina Lauterbach? Ich würde Sie gerne für eine Kampagne buchen …«

Halleluja! Valentina konnte sich kaum beherrschen, am liebsten hätte sie sofort zugesagt – aber was, wenn dieser Pofalla ein Rinderzüchter war und für seine nächste Kampagne ein Cowgirl suchte?

»Um was geht es denn?«, fragte sie also routiniert und bemühte sich, die verzweifelte Hoffnung aus ihrer Stimme herauszuhalten.

»Juliane Mauriz, Sie wissen schon, die Schauspielerin, die mit diesem Erotik-Streifen bekannt geworden ist, bringt eine eigene Sextoy-Linie heraus, und das Magazin Sploxxy plant, diese in einer Artikelserie vorzustellen«, erklärte der Anrufer nonchalant.

Valentina verspürte den Drang ihn zu fragen, ob er nicht vielleicht doch Rinder züchtete.

»Was halten Sie von ein paar Probeaufnahmen in entspannter Atmosphäre?«, schlug Pofalla vor. »Wir haben ein ganz schnuckeliges Apartment angemietet. Selbstverständlich erhalten Sie eine fürstliche Aufwandsentschädigung – selbst, wenn Sie sich gegen ein Engagement entscheiden.«

Sie musste absagen. Natürlich musste sie absagen. Dieser Pofalla hatte es nicht explizit erwähnt, aber nach allem, was sie über Sploxxy wusste, würde es kaum darum gehen, in einem züchtigen Outfit ein paar Dildos in die Kamera zu halten. Nein, das würden ziemlich schlüpfrige Fotos werden.

Aber da war noch die fürstliche Aufwandsentschädigung, die der Anrufer in Aussicht gestellt hatte. Konnte sie es sich überhaupt leisten, diese abzulehnen? Was, wenn sie da einfach hinging, ein paar Fotos machen ließ, das Geld dafür kassierte und eine weitere Zusammenarbeit ablehnte? Das würde ihr zumindest über den momentanen Engpass helfen.

»Wo … wo soll ich denn hinkommen?«, fragte sie also mit zittriger Stimme.

Dass dieser Pofalla sich eigentlich direkt nach einem anderen Model für diese Sextoys umsehen konnte, brauchte sie ja nicht unbedingt zu erwähnen!

Die Probeaufnahmen sollten schon am selben Nachmittag stattfinden, so dass Valentina kaum Zeit zum Überlegen blieb. Ehe sie sich versah, verließ sie die U-Bahn an der Haltestelle Dietlindenstraße und lief von dort aus in Richtung Englischer Garten. Eine noble Gegend. Hier auch nur kurzzeitig ein Apartment zu mieten, dürfte nicht billig sein. Dabei hatte sie gedacht, Schmuddelheftchen seien out. Aber vielleicht verfügte Sploxxy ja über einen gut besuchten Internetauftritt.

Die angegebene Adresse stellte sich als schickes Hochhaus heraus, das inmitten einer großzügigen Gartenanlage stand. Die richtige Klingel war dank des gelben Post-its mit der Aufschrift ›Pofalla‹ schnell gefunden. Dennoch brauchte

Valentina fünf Anläufe, bevor sie den Arm so weit heben konnte, um darauf zu drücken.

Noch könnte sie einfach umdrehen und wieder gehen.

Der Summer ertönte und wie in Trance drückte sie die Tür auf. *Das ist nur ein Job,* redete sie sich ein. *Für die Kunsthochschule habe ich doch auch schon als Aktmodell gearbeitet, das hier ist doch nicht viel anders.*

Aber natürlich war es etwas ganz anderes. Sie hatte sich damals wie ein Kunstobjekt, und nicht wie ein Lustobjekt gefühlt, und die Bilder der Studenten waren keinesfalls anstößig gewesen. Valentina bezweifelte, dass das auch auf die Fotos zutreffen würde, die dieser Pofalla machen wollte. Mit weichen Knien bestieg sie den Aufzug und ließ sich in den zehnten Stock transportieren.

Oben angekommen, zögerte sie so lange mit dem Aussteigen, dass sich die Türen des Liftes schon wieder schließen wollten, als sie endlich hinausschlüpfte. Mit klopfendem Herzen schritt sie auf die einzige offene Wohnungstür in diesem Stockwerk zu.

»Hallo?«, fragte sie leise und stieß die Tür ein wenig weiter auf.

»Komm nur rein!«

Doch Valentina blieb starr vor Schreck auf der Schwelle stehen. Diese Stimme hätte sie unter tausenden wiederkannt. Und sie gehörte keinesfalls diesem Pofalla!

***

»Hallo Valentina.«

Maximilian löste sich von der riesigen Fensterfront, die die gesamte Breite des Apartments einnahm und wandte sich Valentina zu, die wie ein verschrecktes Reh in der Tür stand und ihn mit riesigen Augen anstarrte.

Alles Show!, sagte er sich.

Dennoch hätte er sie am liebsten gepackt, sie fest an sich gezogen und ihren Mund mit einem wilden Kuss erobert. Aber natürlich tat er nichts dergleichen.

»Ich war wirklich sehr enttäuscht, dass du mein großzügiges Angebot einfach so abgelehnt hast«, sagte er, und registrierte zufrieden, dass er ganz ruhig und geschäftsmäßig klang.

»Man sollte doch annehmen, dass es um einiges angenehmer wäre, das Gesicht der neuen Werbekampagne für meine Restaurants zu werden, als das hier …«, meinte er bedeutungsvoll und wies dabei auf das riesige Bett, das direkt gegenüber der Fensterfront stand und einen Großteil des Raumes einnahm.

Valentina schien es die Sprache verschlagen zu haben, denn sie schüttelte einfach nur den Kopf.

»Aber ich dachte mir, ich gebe dir die Chance, es dir nochmal anders zu überlegen«, erklärte er gespielt unbeschwert.

Danach sah Valentina aber überhaupt nicht aus. Sie stand immer noch auf der Schwelle, schüttelte beharrlich den Kopf und erinnerte ihn damit an diese Spielzeugdackel, die man auf die Hutablage seines Autos setzen konnte.

»Meine Bedingungen haben sich allerdings ein wenig geändert«, erklärte Maximilian zunehmend gereizt, da sie offenbar nicht vorhatte, mit der Kopfschüttelei aufzuhören, das Apartment zu betreten oder auch nur das Wort an ihn zu richten.

Dabei hatte er sich ganz genau ausgemalt, wie dieses Gespräch ablaufen würde – aber es war wie immer mit Valentina, da konnte er sich noch so gut zurechtlegen, was passieren sollte, es lief irgendwie immer anders. Aber diesmal würde er sich nicht aus dem Konzept bringen lassen!

»Für den Betrag, den ich bereit bin zu zahlen, erwarte ich natürlich, dass das Model mir rund um die Uhr zur Verfügung steht – das Apartment ist derzeit unbewohnt, am besten, du ziehst so lange direkt hier ein, damit ich dich nicht erst suchen muss, wenn ich einen Wunsch habe.«

Valentina gab ein entsetztes Keuchen von sich.

»Nein!«, schrie sie ihn förmlich an.

»Na, na«, sagte er betont ruhig und näherte sich ihr langsam. »Jetzt habe ich aber wirklich einen Grund, beleidigt zu sein. Du willst doch nicht sagen, dass du lieber ordinäre Fotos machst, als eine schöne Zeit mit mir zu verbringen?«

»Doch!«, sagte sie, und es klang, als stehe sie kurz vor dem Ertrinken.

Aber im zehnten Stock eines Hochhauses in Schwabing ertrank niemand.

»Du brauchst das Geld«, erklärte er lässig. Ganz dicht stand er jetzt vor ihr, und ihr wunderbarer Duft nach Orangen und Vanille stieg ihm in die Nase. »Sonst wärst du doch nicht hergekommen …«

Ganz langsam hob er eine Hand und strich ihr vorsichtig eine verirrte Haarsträhne aus dem Gesicht. Nur eine winzige Berührung, doch sie reichte, um ihm klarzumachen, dass er alles tun würde, um sie zu bekommen. *Alles!*

***

»Aber … du bist verheiratet!«, stieß Valentina in der verzweifelten Hoffnung aus, dass sie ihn irgendwie falsch verstanden hatte.

»Na und?«, fragte er süffisant. »Meine Frau ist nicht eifersüchtig. Wir führen eine offene Ehe, und ich habe keineswegs vor, sie zu verlassen. Da stört es sie nicht, wenn ich hin und wieder mit anderen Frauen rummache.«

Für Valentina fühlte sich jedes seiner Worte wie ein Schlag ins Gesicht an. *Rummachen* wollte er also mit ihr. Nachdem ihre Beziehung vor über drei Jahren in die Brüche gegangen war, war sie sehr verletzt und ziemlich wütend auf Maximilian gewesen, doch das war nichts im Vergleich zu der leidenschaftlichen Abneigung, die sie in diesem Moment für ihn empfand.

Sie hasste ihn dafür, dass er sie unter Vorspiegelung falscher Tatsachen hierhergelockt hatte. Dafür, dass er sie wie eine Hure behandelte – oder wie war sein Angebot sonst zu verstehen?! Doch vor allem hasste sie ihn dafür, dass sie ein heftiges Ziehen im Unterleib verspürte, als er ihr seinen unverschämten Vorschlag machte – was sich noch verschlimmerte, als seine Fingerspitzen wie ein Hauch ihre Schläfe berührten.

»Verpiss dich!«, schrie sie unvermittelt los, und das tat unsagbar gut.

Vielleicht sollte sie so etwas öfter sagen.

»Du kannst mich mal!«, schob sie lautstark hinterher.

Das war gut! Maximilian bildete sich also ein, dass er sie kaufen konnte? Da würde er aber eine Überraschung erleben. Mit diesem Mann war sie fertig, aber sowas von. Hatte sie ihm tatsächlich all die Jahre nachgetrauert?! Das war definitiv vorbei. Vielleicht war diese Begegnung ja genau das, was sie gebraucht hatte, um sich endlich ganz auf einen anderen Mann einlassen zu können!

»Steck dir dein Geld sonst wo hin, du blöder Arsch!«

Sie warf den Kopf zurück. Nachdem sie die letzten Tage einfach nur verzweifelt mit ihrem Schicksal gehadert hatte, fühlte sie sich plötzlich nicht mehr als hilfloses Opfer. Ja, wenn sie mit Maximilian fertig wurde, konnte sie es auch mit dem Rest der Welt aufnehmen.

Sie wandte sich schon ab, als er gefährlich ruhig sagte:

»Das würde ich mir aber gut überlegen. Oder soll die ganze Welt erfahren, dass *du allein* schuld am Tod deines Bruders bist?«

Sie fuhr herum. Starrte versteinert auf die Mappe, die er plötzlich in der Hand hielt. *Was … ? Woher … ?*

»Wenn du natürlich das Gesicht der Kampagne für ›Caminata‹ wärst, dann wäre das etwas anderes … es wäre dann in meinem ureigensten Interesse, dass nichts von dem, was in dieser Mappe steht, je an die Öffentlichkeit gelangt«, fuhr er mit einem drohenden Unterton in der Stimme fort.

Valentina wusste nicht, ob sie heulen oder schreien sollte. Erst wollte er sie kaufen, jetzt erpresste er sie! Der Mann, den sie einst für die Liebe ihres Lebens gehalten hatte! Er benahm sich ja gerade so, als wäre sie es, die ihm das Herz gebrochen hatte, und nicht umgekehrt.

»Ich gebe dir bis morgen Bedenkzeit. Komm einfach zur gleichen Zeit wieder her, wenn du einverstanden bist. Ansonsten gebe ich der Presse einen kleinen Tipp – mitten im Sommerloch können die so eine rührselige Geschichte sicher gut brauchen.«

Sie gab einen Laut von sich, der irgendwo zwischen einem Stöhnen und einem Schluchzen lag. Aber zumindest hatte sie verstanden, dass er nicht sofort eine Antwort von ihr wollte. Das bedeutete, dass sie erstmal von ihm wegkam – je weiter weg, desto besser.

Doch erneut verhinderte er ihre Flucht, diesmal, indem er sie an der Schulter packte.

»Val«, sagte er rau. »Ich will dich. Warum gibst du nicht einfach zu, dass es dir genau so geht?«

Pah! Früher vielleicht mal. Aber er hatte ja wirklich alles getan, um das letzte bisschen Sympathie, dass sie vielleicht noch für ihn übriggehabt hatte, zu zerstören! Sie öffnete den Mund, um ihm mit einer neuerlichen Salve von Schimpf-wörtern klarzumachen, was sie von ihm hielt – doch Maxi-milian nutzte die Gunst der Stunde, warf die Mappe beiseite und presste seine Lippen auf die ihren. Es passierte so schnell, dass Valentina gar nicht reagieren konnte. Sie schmeckte ein wenig Rotwein und Schokolade und das Versprechen auf etwas, das sie nicht recht verstand, als Maximilians Zunge ihren Mund eroberte.

Sie hob die Hände, wollte ihn von sich stoßen, stattdessen krallten sich ihre Finger in seine Schultern. Ihre ganze Wut und Verzweiflung entlud sich in einem wilden Tanz ihrer Zungen miteinander. Sie saugte sich an seinem Mund fest, biss ihn in seine Lippen, schmeckte Blut. Ein Schauer lief durch Valentinas Körper und ihr Herz schlug schmerzhaft gegen ihre Rippen, als seine Hände grob ihre Hüften um-fassten. Ähnlich ungestüm packte sie mit einer Hand seinen Nacken und versuchte, ihm noch näher zu kommen, wäh-rend seine Bartstoppeln über die empfindliche Haut ihrer Wangen kratzen. Maximilian erwiderte ihr Drängen ebenso feurig, presste sie gegen den Türrahmen. Ganz deutlich spürte sie seinen Oberkörper an ihren Brüsten – und die Erre-gung, die ihn erfasst hatte.

Ihr Inneres schien sich irgendwie zu verflüssigen, ihr Schoß pochte wild. Schamlos und feurig rieb sie das Zentrum ihres Verlangens an ihm, hoffte, die Qual zwischen ihren Beinen damit ein wenig zu lindern.

Wieder umkreisten sich ihre Zungen und schienen Valentina den letzten Rest ihres Verstandes zu rauben. Es hatte ganz den Anschein, dass Maximilian ebenfalls von seiner Leidenschaft mitgerissen wurde, grob drängte er ihre Schenkel auseinander und legte seine Hand dazwischen. Sie stöhnte erregt, ließ ihn gewähren, bis ihr mit einem Mal klar wurde, was gleich passieren würde, wenn sie ihm nicht sofort Einhalt gebot.

Entsetzt über ihre heftige Reaktion auf sein forsches Drängen gelang es Valentina endlich, ihn wegzustoßen. Schwer atmend und mit geschwollenen Lippen blieben sie voreinander stehen.

»Ich … ich gehe jetzt!«, brachte sie schließlich krächzend heraus.

»Dann bis morgen.«

Auch seine Brust hob und senkte sich unter seinen heftigen Atemzügen, doch ihr entging nicht das triumphierende Glitzern in seinen Augen. Hastig schob sie sich an ihm vorbei und floh in Richtung Aufzug.

»Vergiss deine Zahnbürste nicht!«, rief er ihr noch hinterher, dann schlossen sich endlich die Türen des Liftes hinter ihr.

***

»Hallo Elisabetta, gut, dass ich dich erreiche. Ich habe noch einiges in München zu tun und bleibe deshalb gleich in meinem Apartment – oder steht irgendwas wichtiges an?«

Elisabetta gestattete sich ein triumphierendes Grinsen. Eigentlich hätte sie es sich ja denken können, dass diese seltsamen Anwandlungen, von wegen er wolle mehr Zeit mit ihr verbringen und sie sollten einander näherkommen nur eine vorübergehende Phase war. In Wahrheit konnte er weder die Finger von anderen Frauen lassen noch seine Abenteuerlust hintanstellen. Nicht, dass ihr das ungelegen käme.

Wahrscheinlich hatte er es tatsächlich geschafft, diese Valentina in sein Liebesnest zu locken. Die Tatsache, dass es sich bei dieser Frau um eine alte Flamme handelte, würde hoffentlich dafür sorgen, dass er sich ordentlich mit ihr austoben würde und nicht nach einer Nacht schon wieder genug von ihr hatte.

»Nein, nicht das ich wüsste – wenn sich etwas ergibt, bist du ja ruckzuck da«, flötete Elisabetta ins Telefon.

Am liebsten hätte sie ja vorgeschlagen, dass er mit der Kleinen doch eine nette Reise machen solle, aber das würde ihren Mann vermutlich nur misstrauisch machen. Die Hauptsache war ja schließlich auch, dass er sich vorerst nicht mehr in der Galerie blicken ließ.

»Ja, super, dann sprechen wir uns demnächst«, entgegnete Maximilian, mit den Gedanken offenbar schon ganz woanders. »Bis dann!«

Zufrieden legte Elisabetta auf, als ihr einfiel, dass Sandra schon mehrmals angerufen hatte, was sie ihrem Mann eigentlich ausrichten sollte.

Na, nicht so schlimm. Sandra war eine unglaubliche Nervensäge, und natürlich überließ es Maximilian immer ihr, die neue Frau seines Vaters abzuwimmeln. Um sie ein wenig zu ärgern, hatte sie ihr brühwarm von Maximilians neuer Anhänglichkeit und seiner Idee, eine Familie zu gründen, erzählt. Es sollte also nicht allzu schwer werden, bei Bedarf einen kleinen Familienstreit vom Zaun zu brechen, nur, falls sie ein weiteres Ablenkungsmanöver benötigte.

Doch jetzt würde sie sich erstmal wieder ihrer derzeit wichtigsten Aufgabe widmen. Sie griff nach dem Telefonhörer und wählte.

»Halloooo!« Elisabetta senkte ihre Stimme um eine ganze Oktave. »Ich hätte einen Interessenten für die Bilder. Wann können wir uns sehen?«

Die Antwort entsprach nicht ganz ihrer Erwartung, nun, da Maximilian endlich aus dem Weg war. Aber aufgeschoben war ja nicht aufgehoben!

***

»Ich hasse ihn, ich hasse ihn, ich hasse ihn!«, schimpfte Valentina vor sich hin, während sie an den luxuriösen Häusern des Viertels vorbei zurück zur U-Bahn stapfte.

»Es war widerlich, ihn zu küssen!«, brüllte sie die beiden steinernen Löwen an, die die Einfahrt einer Villa bewachten.

Die Skulpturen enthielten sich eines Kommentars, und das war vielleicht auch gut so. Denn wenn sie ehrlich war, war es bei weitem nicht so ekelhaft gewesen, Maximilian zu küssen, wie sie es sich selbst weismachen wollte.

Wie unmöglich sie sich selbst benommen hatte, und das nach allem, was er ihr angetan hatte!

Trotzdem würde sie natürlich einen Teufel tun und morgen wieder in seinem Apartment auftauchen. Erst recht nach dieser siegessicheren Bemerkung, die er ihr hinterhergerufen hatte. Sollte er doch die Presse informieren, wer interessierte sich denn für so eine alte Geschichte? Sie war ja nicht Heidi Klum, da würden die Journalisten doch ein besseres Thema für das Sommerloch finden als den jahrelang zurückliegenden Tod des kleinen Bruders eines kaum bekannten Models.

Doch dann fiel ihr ihre Mutter wieder ein, die vermutlich gerade in dieser Klinik daran arbeitete, mit Hilfe der Pferde den Tod ihres Sohnes zu verarbeiten – und die Rolle, die ihre Mutter selbst dabei gespielt hatte. Was, wenn irgend so ein Käseblatt die Story tatsächlich aufgriff, und ihre Mutter womöglich eine Geschichte las, bei der sicher die Hälfte der Tatsachen verdreht war? Das wäre ihrer Therapie bestimmt nicht zuträglich!

Warum tat Maximilian ihr das eigentlich an?

Die einzige Erklärung, die Valentina einfiel, war, dass er mit ihr ins Bett wollte, weil sie damals nicht mit ihm geschlafen hatte. Aus verletzter Eitelkeit vielleicht. Oder weil sie die einzige Frau war, mit der Maximilian jemals zusammen gewesen war, und die nicht das Bett mit ihm geteilt hatte. Und das wollte er jetzt offenbar nachholen.

Dabei war sie damals doch mehr als bereit gewesen! Maximilian selbst war es doch gewesen, der ihre Gutmütigkeit ausgenutzt und sie so in die Flucht geschlagen hatte.

Aber das half ihr jetzt alles nicht weiter. So, wie sie ihn kannte, würde er sein Vorhaben wohl kaum aufgeben. Entweder sie tat, was er sagte – oder sie riskierte, dass die teure Pferdetherapie ihrer Mutter für die Katz war.

Wenigstens ihre Geldsorgen wären nach der Kampagne für ›Caminata‹ Geschichte, und diese andere Sache … wäre auch endlich mal erledigt. Maximilian mochte sich wie ein Arschloch benehmen, aber scheinbar schaffte er es immer noch mühelos, ihren Körper in Flammen zu setzen. Etwas, das nach ihm keinem Mann gelungen war. Da wäre es doch nicht das verkehrteste, mit ihm ins Bett zu gehen, oder?

Womöglich ahnte er ja gar nicht, was er da von ihr verlangte. Wenn sie ihm sagte … *Nein!* Das wäre zu erniedrigend. Vielleicht merkte er ja gar nichts … sie würde es einfach über sich ergehen lassen und hoffen, dass er sich danach wieder einer seiner Ehefrau zuwandte – die sicher eine erfahrenere Liebhaberin war.

ABKOMMEN

Seit Valentina am Tag zuvor verschwunden war, konnte Maximilian an nichts anderes als an sie denken. Es wurmte ihn, dass sie seinem Vorschlag nicht ausdrücklich zugestimmt hatte. Durchaus möglich, dass sie gar nicht erst erschien.

Was würde er dann tun? Die Mappe der Presse zuspielen? Irgendwer würde sicher auf den Zug aufspringen und die Story veröffentlichen. Durchaus eine gerechte Strafe dafür, dass sie ihn damals so hereingelegt hatte. Aber damit hätte er auch sein Druckmittel aus der Hand gegeben, und seine Chancen, Valentina zu verführen, gingen gegen Null.

Dabei war es das, was er eigentlich wollte, so paradox das auch klingen mochte. Valentina schien zu glauben, dass er sie einfach nur zwingen wollte, mit ihm zu schlafen, doch sein

Plan sah ganz anders aus: Verzehren sollte sie sich nach ihm! Wenn er dann seine Leidenschaft für sie endlich gestillt hatte und sie ganz verrückt nach ihm war, würde er ihr den Laufpass geben.

Leider wurde er das Gefühl nicht los, dass er bei seinem großartigen Plan irgendwas übersehen hatte. Doch Maximilian kam nicht so recht dahinter, was es sein könnte. So lief es doch immer mit seinen Gespielinnen: Ihm wurde es irgendwann langweilig, und die Frauen wollten gar nicht mehr loslassen. Die einzigen beiden Frauen in seinem Leben, bei denen das bisher anderes gelaufen war, waren seine Ehefrau Elisabetta – was logisch war, schließlich waren sie beide mehr auf den geschäftlichen Teil ihrer Eheschließung fixiert gewesen – und Valentina. Aber wenn er daran dachte, wie heftig sie gestern auf den Kuss reagiert hatte, gab es doch wirklich keinen Grund anzunehmen, dass er sie im Bett nicht völlig verrückt machen konnte …

Grübelnd starrte er aus dem Fenster, bis er unten eine kleine Gestalt entdeckte, die quer durch die Gartenanlage auf das Hochhaus zu stapfte. Valentina. Sie schwankte unter der Last einer riesigen Reisetasche und nachdem Maximilian zunächst erleichtert aufgeatmet hatte, fragte er sich, warum zum Teufel sie kein Taxi genommen hatte.

Ein Gefühl, dass sich verdammt wie ein schlechtes Gewissen anfühlte, erinnerte ihn daran, dass es schließlich seine Schuld war, dass auf ihrem Konto Ebbe herrschte und eine Taxifahrt deshalb wohl nicht drin war. Hastig zog er sein Smartphone hervor und überwies einen stattlichen Vorschuss auf ihr Konto. Nachdem Valentina offensichtlich beabsichtigte, ihren Teil der Vereinbarung einzuhalten, wollte er sich auch nicht lumpen lassen.

Es klingelte, und Maximilian tigerte unruhig auf- und ab, nachdem er den Öffner betätigt hatte. Sollten sie gleich dort weitermachen, wo sie gestern aufgehört hatten – mit einem leidenschaftlichen Kuss – oder war es gescheiter, sie ein wenig hinzuhalten, bis sie selbst die Initiative ergriff? Normalerweise verließ er sich in solchen Situationen einfach auf seine Intuition, aber bei Valentina traute er dieser plötzlich nicht mehr.

Schon hörte er, wie sich draußen die Lifttüren mit einem leisen Quietschen öffneten, dann näherten sich unsichere Schritte dem Apartment.

Wie am Tag zuvor erwartete Maximilian sie vor der riesigen Fensterfront stehend. Doch als Valentina die Wohnung betrat, glaubte er einen Augenblick, eine völlig andere Person vor sich zu haben. Weder mimte sie das scheue Reh – okay, das hätte er ihr auch nicht mehr abgenommen – aber auch von der leidenschaftlichen Frau, die er gestern geküsst hatte, war nichts zu sehen.

Mit hängenden Schultern kam sie herein, sah ihn nicht an und stellte die monströse Reisetasche ab. Mit ihrem Outfit hatte sie sich wenig Mühe gegeben – sie trug eine schlichte Hose mit Gummizug und ein einfarbiges T-Shirt –, sie war nur dezent geschminkt und hatte die Haare zu einem praktischen Zopf geflochten.

Alles in allem wirkte sie nicht gerade verführerisch, und die Erregung, die Maximilian erfasst hatte, als er sie im Park gesehen hatte, fiel in sich zusammen.

»Soll … soll ich mich gleich ausziehen?«, fragte sie ein wenig hilflos und nestelte an dem Saum ihres T-Shirts.

Noch immer sah sie ihn nicht an. Du lieber Himmel, hatte sie womöglich Kleidungsstücke ausgesucht, die sie rasch loswerden konnte, damit sie diese Sache möglichst schnell abhaken konnte?!

Maximilian schluckte. Er hätte vermutlich damit umgehen können, dass sie ihn wieder beschimpfte oder dass sie sich zierte, und ganz sicher hätte er damit umgehen können, wenn sie sich ihm leidenschaftlich an den Hals geworfen hätte, aber zu dieser hilflosen Duldsamkeit fiel ihm eigentlich nur eine Reaktion ein: Er wollte sie in die Arme schließen und sie trösten.

Das kam natürlich überhaupt nicht in Frage!

»Selbstverständlich nicht!«, fuhr er sie heftig an, bevor sie ihr offensichtliches Vorhaben in die Tat umsetzen und sich das Shirt über den Kopf ziehen konnte. »Ich habe noch einen Termin. Lass dein Handy an – ich melde mich, wenn ich dich brauche!«

Damit stürmte er an der verblüfften Valentina vorbei nach draußen.

***

Valentina hatte ihr Handy auf dem winzigen Glastisch platziert, der augenscheinlich nicht dafür ausgelegt war, dass die Bewohner dieses Apartments ein opulentes Mahl daran verspeisten. Dann hatte sie sich auf die Bettkante gesetzt, nach draußen gestarrt und gewartet.

Erst, als ungefähr zwanzig Minuten lang gar nichts passiert war, traute sie sich, die kleine Wohnung ein wenig zu erkunden. Maximilian hatte schließlich gesagt, sie solle bis auf weiteres hier wohnen, da war es doch sicher okay, wenn sie ein paar Schubladen öffnete?

Doch viel mehr als die Frage, wo sie ihre Sachen einräumen könnte, beschäftigte sie, was Maximilian mit seinem seltsamen Auftritt vorhin schon wieder bezweckt haben

könnte. Erst ließ er keinen Zweifel daran, dass er sie flach-
legen wollte – und als sie seinen Forderungen tatsächlich
nachgab, ließ er sie einfach stehen?

Ihr wollte einfach nur eine Erklärung für dieses Verhalten
einfallen: Maximilian machte es Spaß, sie noch ein wenig auf
die Folter zu spannen. Ahnte er, wie sehr sie sich vor dem
fürchtete, was in diesem Bett passieren würde? Oder glaubte
er nach dem Kuss gestern, dass sie nun allein hier saß und
sich vor Verlangen nach ihm verzehrte?

Valentina ärgerte sich maßlos darüber, dass da tatsächlich
ein bisschen was dran war. War sie wirklich enttäuscht, dass
Maximilian nicht mit ihr geschlafen hatte? Aber das lag sicher
nur daran, dass sie es einfach hinter sich haben wollte.

Ein Grund für Maximilians Gemeinheiten wollte ihr allerdings immer noch nicht einfallen. Sie dachte drei Jahre
zurück, an ihren letzten gemeinsamen Abend. Gut, sie war
damals einfach weggerannt, hatte sich geweigert, noch einmal mit ihm zu sprechen. Aber was sie an diesem Abend erfahren musste, war viel schlimmer als alles gewesen, was sie
sich während ihrer kurzen Beziehung ausgemalt hatte: Von
Beginn an hatte sie gefürchtet, dass sie dem weltgewandten
Maximilian auf die Dauer nicht genügen könnte, obwohl er
ihr immer wieder versicherte, wie glücklich er mit ihr war.
Eine Lüge. In Wirklichkeit war es ihm nur um ein lukratives

Geschäft gegangen, in ihr hatte er nicht mehr als ein Mittel zum Zweck gesehen.

Natürlich hatte sie diese Geschichte zunächst nicht glauben wollen. Bis sie mit eigenen Augen die Beweise dafür gesehen hatte. Maximilian hatte sie einem fremden Mann angeboten, obwohl er noch nicht einmal selbst mit ihr geschlafen hatte. Und das alles nur, damit dieser ihm ein altes Bild verkaufte!

Selbst nach dieser langen Zeit empörte Valentina dieses Ansinnen immer noch zutiefst. Dass sie da nicht mitgespielt hatte, war doch nicht verwunderlich! Natürlich hatte Maximilian nicht wissen können, dass sie noch Jungfrau war – es war ihr peinlich gewesen, ihm das zu gestehen. Aber nachdem er selbst bei ihr gerade mal so weit gegangen war, ihre Brüste zu streicheln, wie hatte er da erwarten können, dass sie sich von einem völlig Fremden berühren ließ?!

Unwillkürlich musste sie an den Nachmittag in der ›Astor Cinema Lounge‹ denken, ein kleines Kino im ›Bayerischen Hof‹, das mit kuscheligen Sofas anstelle von harten Kinositzen ausgestattet war. Kaum war es dunkel geworden, hatten sie einander geküsst. Als der Hauptfilm – der Filmklassiker ›Casablanca‹ – begann, hatte Maximilian vorsichtig die Bluse aus ihrem Hosenbund gezupft und seine Hand unter das Oberteil geschoben. Zärtlich hatte er ihre Brüste gestreichelt, die nur noch von einem spitzenbesetzten BH geschützt wurden und Valentina hatte schon in diesem Moment geglaubt, sie müsse den Verstand verlieren. Als er schließlich den BH beiseiteschob und ihre harten Brustwarzen liebkoste, wäre es fast zu einer ziemlich peinlichen Situation gekommen ...

Maximilian hatte das damals gerade noch verhindert, indem er seine Hand zurückzog und ihr stattdessen eine eiskalte Cola reichte. Sicher wäre es an diesem Abend passiert – doch Maximilian musste die Abendmaschine nach Rom erwischen. Und als er zurückkam, hatte er sie gebeten, ihn zu einem Abendessen mit einem Kunden zu begleiten – was in einer Katastrophe endete.

Valentina schloss die Augen und malte sich aus, was passieren würde, wenn Maximilian jetzt zurückkäme. Er würde sich neben sie setzen, sie küssen und ihre Brüste mit seinen großen und doch so sanften Händen umfassen. Fahrig schob sie ihr T-Shirt hoch, öffnete den BH und streichelte sich selbst. Ihr Atem beschleunigte sich und sie ließ sich rücklings auf das Bett fallen. Der Geruch nach seinem Rasierwasser stieg ihr in die Nase und befeuerte die Vorstellung, Maximilian sei hier, würde leidenschaftlich ihrer Brüste kneten und dabei immer wieder in ihre vorwitzigen Nippel kneifen.

Stöhnend wand sie sich auf den seidenen Laken, rieb ihre Oberschenkel aneinander und biss sich selbst vor Verlangen auf die Zunge. Sie stellte sich vor, wie er eine Hand zwischen ihre Beine schob, imitierte diese Berührung und prompt strömte ein heißer Strahl der Lust durch ihren Körper. Ihre Beine zuckten und keuchend gab sie sich dem Orgasmus hin, der sie sanft schüttelte, ehe sie erschöpft zurück auf die Kissen sank.

Schwer atmend blieb Valentina eine Weile liegen, bevor sie ihre Kleidung wieder in Ordnung brachte. Der Befriedigung folgte prompt die Scham, und sie presste ihr hochrotes Gesicht in die kühlen Kissen, als könne sie sich so vor dem verstecken, was geschehen war. Was tat sie denn nur, und ausgerechnet *hier*!?

Wie ertappt zuckte sie zusammen, als just in diesem Moment ihr Handy klingelte. Scheiße, das musste Maximilian sein! Mit zitternden Händen griff sie nach ihrem Telefon. Auf gar keinen Fall durfte er merken, was hier geschehen war!

***

Schon in der Tiefgarage ließ Maximilian seinen Porsche Boxster aufheulen. Doch wie nicht anders zu erwarten bremste der mittlere Ring gehörig seinen Drang, einfach nur auf- und davon zu brausen. Ärgerlich schlug er mit einer Hand auf das Lenkrad. Weshalb musste man sich auf dem Weg nach Starnberg eigentlich jahrelang mit dieser Baustelle am Luise-Kieselbach-Platz herumplagen, wenn jetzt immer noch alles verstopft war?!

Schon wanderten seine Gedanken wieder zu Valentina – schließlich hatte er sie kennengelernt, als dieser Tunnel gerade fertig geworden war.

Verärgert hämmerte er erneut auf das Lenkrad ein. Jetzt erinnerte ihn schon die Straßenführung an sie! Kaum zu glauben.

Da der Abstand zu ihr nun immer größer wurde, fiel ihm natürlich auch ein, wie er am besten auf ihr seltsames Verhalten reagiert hätte: Sie tröstend in den Arm zu nehmen, schien ihm immer noch nicht angebracht, aber er hätte sie ja in den Arm nehmen und küssen können – vielleicht wäre so ihre gestrige Leidenschaft wieder erwacht? Zu blöd, jetzt konnte er sich ja schlecht die Blöße geben und wieder zurückfahren, nachdem er behauptet hatte, er hätte einen Termin. Er hatte alles darangesetzt, um sie dahinzubekommen, wo er sie hinhaben wollte – und nun saß sie untätig in seinem Apartment herum, so ein Schmarrn.

Allerdings erinnerte ihn dieser Gedankengang daran, dass ihr Deal ja aus mehreren Punkten bestand – er hatte ja auch behauptet, er wolle sie für eine Kampagne für seine Restaurantkette buchen. Nachdem er nun schon dafür bezahlt hatte, bestand eigentlich kein Grund, das nicht auch durchzuziehen. Er schaltete von Radio auf Freisprechanlage um und wählte die Nummer seines Geschäftsführers.

»Pierre Fournier«, meldete sich der bereits nach dem ersten Klingeln.

»Pierre, Maximilian hier. Pass auf, ich möchte eine Werbekampagne für ›Caminata‹ starten. Ich habe auch schon ein Model dafür ausgesucht: Valentina Lauterbach«, erklärte er.

»Aha«, entgegnete Pierre verblüfft.

Maximilian verdrehte die Augen. Okay, dieses Vorgehen entsprach keinesfalls seinen üblichen Gepflogenheiten. Aber immerhin waren das seine Restaurants, und er hatte keine Lust, sich für diese Aktion zu rechtfertigen.

»Die Details überlasse ich dir«, sagte Maximilian großzügig, vor allem deshalb, weil er sich über die Details noch gar keine Gedanken gemacht hatte. »Sie wohnt derzeit in meinem Münchner Apartment. Warum schaust du nicht einfach auf einen Sprung bei ihr vorbei und besprichst die Feinheiten mit ihr?«

»Ich erwarte jeden Moment einen neuen Produzenten für Olivenöl – danach könnte ich es einrichten«, entgegnete Pierre ergeben.

»Sehr gut«, bestimmte Maximilian, verabschiedete sich und drückte das Gespräch weg.

Das mochte er so an Pierre: Er leitete die Restaurants selbständig und sehr erfolgreich – aber er vergaß keinen Moment, wer der Boss war und dass man dessen Wünsche besser gleich erfüllte.

Inzwischen war es ihm tatsächlich gelungen, München zu verlassen und auch die lästigen Geschwindigkeits-begrenzungen am Beginn der Autobahn lagen hinter ihm. Er drückte auf das Gaspedal und genoss das kurze Stück bis zum Autobahnkreuz Starnberg. Dort bog er ab, drosselte das Tempo wieder und wählte als nächstes Valentinas Nummer. Auch sie meldete sich nach dem ersten Klingeln – und hörte sich ein wenig atemlos an.

»Ich habe meinem Geschäftsführer Pierre Fournier Bescheid gegeben, damit er mit dir die Werbekampagne besprechen kann«, erklärte Maximilian geschäftsmäßig. »Er kommt nachher kurz bei dir vorbei, geh also nicht weg«.

»Ja«, sagte sie nur und klang ganz komisch dabei.

»Ich möchte …«, begann Maximilian, brach jedoch abrupt ab.

Denn inzwischen hatte er die Einfahrt zu seiner Villa erreicht, und dort kam ihm eine dunkle Stretch-Limousine entgegen, die von einem sehr exotisch wirkenden Fahrer gelenkt wurde. Irgendwie kam ihm der Wagen bekannt vor. Komisch!

»Am besten, du besprichst das alles mit Pierre«, beschied er Valentina rasch und drückte das Gespräch weg.

Offenbar war es ganz gut, dass er mal in der Galerie nach dem rechten sah!

***

»Maximilian …«, sagte Valentina gepresst, doch da merkte sie, dass er bereits aufgelegt hatte.

Mit zitternden Händen deponierte sie das Smartphone wieder auf dem Tischchen, während ihr Blick auf dem zerwühlten Bett ruhte. Warum zum Teufel schickte Maximilian seinen Geschäftsführer hier her?!

Hier sollten ja wohl kaum Fotos für die Restaurants gemacht werden! Maximilian hatte doch nicht etwa vor, die gleiche Nummer wie damals nochmal durchzuziehen und sie an einen anderen Mann weiterzureichen?

Panisch sprang Valentina auf und raffte die paar Dinge zusammen, die sie bereits ausgepackt hatte und warf sie zurück in ihre Reisetasche. Nichts wie weg hier!

Das leise ›Pling‹ ihres Smartphones schreckte sie erneut auf. Doch es war nur eine WhatsApp von Freddy.

›Na, wie ist es in Bella Italia?! Schick mal ein paar Pics!‹, textete sie.

Valentina seufzte. Sie hätte ihren Freundinnen lieber gleich die Wahrheit sagen sollen, anstatt zu behaupten, sie wäre für ein Shooting in der Toskana gebucht worden. Aber ehrlich gesagt hatte sie befürchtet, dass Wanda schnurstracks hierherkommen und Maximilian die Nase brechen würde.

Ja, Wanda hätte sich das alles nicht gefallen lassen. Aber warum ließ sie sich das eigentlich gefallen? Warum war sie wirklich hier? Hatte das vielleicht viel mehr mit den Gefühlen zu tun, die dieser Kuss gestern in ihr ausgelöst hatte, als mit ihren Geldsorgen oder ihren Bedenken, dass ihre Mutter die Therapie nicht erfolgreich beenden könnte?

Aber ganz sicher würde sie nicht mit diesem Pierre Fournier in die Kiste steigen. Mal sehen, ob der überhaupt noch so scharf drauf sein würde, wenn er erfuhr, dass Maximilian mit einer Erpressung versuchte, sie dazu zu zwingen!

Sie setzte sich wieder hin. Sollte dieser Geschäftsführer nur kommen! So leicht würde sie sich nicht unterkriegen lassen.

***

»Hervorragende Qualität hat eben ihren Preis«, sagte der Olivenölproduzent zu Pierre.

»Bei ›Caminata‹ sind wir dafür bekannt, hervorragende Qualität zu moderaten Preisen anzubieten«, konterte Pierre geschickt. »Aber lassen sie ihre Probefläschchen ruhig da, ich werde sie gerne unserem Chefkoch zeigen.«

Er hatte den Koch absichtlich nicht zu diesem Termin eingeladen – dessen Begeisterung für hochwertige Produkte hatte schon so manche Preisverhandlung zum Desaster werden lassen. Außerdem hatte er keine Zeit für endlose Fachsimpelei – schließlich musste er noch bei Maximilians Betthäschen vorbeischauen und sich überlegen, wie er dem Wunsch seines Chefs nachkommen konnte, ohne dass dabei allzu viel Schaden angerichtet wurde.

Was wohl in den Boss gefahren war? Normalerweise ließ Maximilian ihm völlig freie Hand, was die Leitung der Restaurantkette anging – und Pierre schätzte es sehr, dass der Chef sich nicht in Dinge einmischte, wovon er nach eigener Aussage wenig Ahnung hatte. Vor seiner Hochzeit mit Elisabetta war Maximilian ab- und zu mit ein paar Möchtegern-Sternchen der Münchner Filmszene in einem der ›Caminata‹-Restaurants aufgetaucht und hatte der heruntergewirtschafteten Restaurantkette so zu ein bisschen Glamour verholfen. Doch seit er verheiratet war, betrat er die

Restaurants mit seinen Liebschaften immer durch den Hinter-
eingang.

Dass Maximilian seiner Geliebten nun einen Job zuschanzen wollte, war allerdings neu. Vielleicht wollte er sein
Flitscherl nicht allzu offensichtlich für ihr Entgegenkommen
bezahlen? Pierre seufzte innerlich, verabschiedete sich von
dem Olivenölproduzenten und machte sich auf den Weg zu
Maximilians Apartment. Auch wenn sein Boss manchmal ein
bisschen schwierig war, er mochte ihn irgendwie, außerdem
hatte er bei ›Caminata‹ definitiv seinen Traumjob gefunden.
Am besten, er sah die ganze Sache als Herausforderung an,
alles zur Zufriedenheit seines Chefs *und* zum Wohle der
Restaurantkette zu erledigen.

Pierre wusste zwar über das Apartment Bescheid, war aber
noch nie dort gewesen. Nun wurde er gleich doppelt überrascht: Er hatte sich das Apartment größer und angeberischer
vorgestellt, vor allem aber wunderte er sich über die Frau, die
ihn höflich, aber recht kühl mit einem: »Valentina Lauterbach, aber Sie können Valentina sagen« begrüßte, ihm eine
eiskalte Hand reichte und ihm dann einen Platz auf einem
schicken, aber recht ungemütlichen Alustühlchen an einem
Glastisch anbot.

»Äh … Pierre … Pierre Fournier …«, stammelte er. »Aber wollen wir uns nicht duzen?«

»Sehr gerne«, sagte sie und hörte sich dabei an als meine sie ›Nein, Danke‹.

Na ja, er benahm sich ja auch recht komisch. Allerdings müsste eine so schöne Frau wie Valentina das ja gewöhnt sein.

»Tut mir leid, dass ich dich so anstarre – aber die … äh … Freundinnen von Maximilian sind sonst ganz anders …«, entschuldigte er sich.

Sie lächelte ihn ziemlich kühl an. Dennoch beschloss er, ihr am besten einfach die Wahrheit zu sagen.

»Ich habe ehrlich gesagt befürchtet, dass ich irgendeine aufgetakelte Tussi auf ein paar Fotos verstecken muss – aber jetzt verstehe ich, was Maximilian damit gemeint hat, dass du das perfekte Gesicht für unsere neue Kampagne wärst.«

So hatte der Chef das zwar nicht gesagt, außerdem beruhte diese Kampagne, die ihm jetzt spontan in den Sinn kam, auf einem Vorschlag, den er Maximilian noch nicht mal unterbreitet hatte, aber immerhin hatte der Boss ihn ja angewiesen, die Details direkt mit Valentina zu besprechen, also würde er das genauso machen.

Das Lächeln, das die Geliebte seines Chefs ihm nun schenkte, wirkte um einiges wärmer und schien auch tatsächlich ehrlich gemeint zu sein. Offenbar freute sie sich über das Kompliment. So entspannt sah sie noch hübscher aus als zuvor.

Um Himmels willen, Maximilian hatte sie nicht vorgeschlagen, weil er ihr einen Job zuschanzen wollte, sondern weil sie wirklich optimal zu ›Caminata‹ passte! Der Mann hatte aber auch ein unverschämtes Glück – trotzdem leistete Pierre insgeheim Abbitte dafür, dass er geglaubt hatte, der Chef wisse nicht so recht, was er da tue.

»Gerade bei den jüngeren Leuten ist es ja inzwischen normal, erstmal ein Foto für Instagram zu machen, bevor sie mit dem Essen überhaupt beginnen«, erklärte Pierre ihr nun, was er sich überlegt hatte. »Das hat mich auf die Idee gebracht, eine Werbekampagne zu starten, in der speziell darauf hingewiesen wird, dass es in den ›Caminata‹-Restaurants Gerichte gibt, die nicht schon tausendmal auf Instagram gepostet wurden, und mit denen man sich von den üblichen Pastabildern ein wenig abheben kann.«

»Eine gute Idee«, stimmte sie sofort zu.

Ermutigt erzählte Pierre ihr von den Gedanken, die sein Chefkoch und er sich bisher dazu gemacht hatten, auch wenn es sich dabei eher um eine ungeordnete Ideensammlung handelte. Doch sie machte ein paar sehr interessante

Anmerkungen zu einer einheitlichen Tisch- und Tellerde-
koration, ehe sie nachdenklich die Stirn runzelte.

»Ihr könntet auf der Karte direkt die passenden Hashtags
angeben, damit in den sozialen Medien auch gleich jeder die
tollen Fotos aus den ›Caminata‹-Restaurant findet«, schlug
sie vor.

Genial! Die Frau war nicht nur schön, sondern auch klug.
Pierre konnte sich gerade noch davon abhalten, ihr einen
dicken Kuss auf die Wange zu geben, schließlich war sie die
Freundin des Chefs, da gehörte sich das natürlich nicht.

Obwohl der Boss wirklich mehr Glück als Verstand hatte –
so eine Frau steckte man doch nicht dieses Liebesnest hier,
die heiratete man vom Fleck weg. Was natürlich nicht ging,
schließlich war Maximilian bereits verheiratet.

Tja, selbst schuld, dachte Pierre. Laut sagte er:

»Ich würde mich freuen, wenn du morgen Vormittag
im ›Caminata‹ in Schwabing vorbeischauen könntest – unser
Koch wollte mir sowieso mal ein paar Vorschläge präsentieren und ich würde gerne deine Meinung hören.«

Sie wurde rot.

»Ich weiß nicht was Maximilian vorhat …«, sagte sie leise,
rieb ihre Hände über ihre Oberschenkel, während ihr Blick
haltlos durch den Raum irrte.

Oh je, dachte Pierre mitleidig, die hatte es ja ganz schön erwischt.

»Ich kläre das mit dem Chef«, versprach er. »Schließlich geht der Restaurantbetrieb ganz normal weiter, da sind wir zeitlich nicht besonders flexibel.«

»Danke«, sagte Valentina erleichtert mit einem Lächeln, das jedoch ziemlich verkrampft ausfiel.

Oh je, dachte Pierre erneut und verabschiedete sich rasch. Hoffentlich musste er nicht mitansehen, wie sein Boss dieser wunderbaren Frau das Herz brach!

***

»Wer war denn das?«, rief Maximilian und marschierte schwungvoll in die Galerie.

Elisabetta sah von ihrem Laptop auf.

»Wer denn?«, fragte sie unschuldig, so, als gingen hier ständig irgendwelche Leute ein und aus.

»In der Stretch-Limousine, die mir gerade entgegengekommen ist«, half er ihr auf die Sprünge. »Die sah nicht so aus, als hätte sie unsere Auffahrt als Wendeschleife benutzt.«

»Ach sooo«, entgegnete seine Frau gedehnt. »Das war nur so ein Tourist. Der wollte ein Bild.«

Maximilian zog nur die Augenbrauen hoch und bemerkte amüsiert, dass Elisabetta unruhig auf ihrem Stuhl herumrutschte.

»Ein Scheich«, sagte sie hastig. »Der wollte ein Bild von Gustav Klimt kaufen …«

Er wollte sie gerade anfahren, dass sie ihm doch bitte nicht so einen Blödsinn auftischen sollte, als ihm plötzlich klar wurde, was hier gespielt wurde: Elisabetta hatte eine Affäre mit dem Kerl in der Limo! Natürlich, der Wagen war ja vor kurzem schon hier gewesen, jetzt erinnerte er sich auch daran, dass er den Chauffeur schon einmal in ihrer Auffahrt gesehen hatte.

Seines Wissens nach hatte Elisabetta ihr Arrangement einer offenen Ehe noch nie ausgenutzt, während er reichlich davon Gebrauch gemacht hatte. Kein Wunder, dass seine Frau so zögerlich auf seinen Wunsch nach mehr Nähe reagierte – sie befürchtete, er würde ihr den Spaß verderben, ausgerechnet jetzt, da sie sich auch einmal außerhalb des Ehebetts vergnügte! Er dachte natürlich gar nicht daran, fand aber, sie bräuchte nicht so herumzueiern – schließlich dürfte ihr die ein oder andere Affäre, die Maximilian seit seiner Hochzeit gehabt hatte, kaum verborgen geblieben sein.

»Na sowas«, sagte er, um sie ein wenig aufzuziehen. »Günter hat erst vor kurzem etwas über einen Klimt angedeutet – ich werde da gleich mal nachhaken, ob der noch zum Verkauf steht.«

Elisabetta wurde abwechselnd blass und rot, während er sich leutselig über das gute Geschäft ausließ, dass sie mit der Vermittlung machen würden. Dann schickte er sich an, die Galerie wieder zu verlassen, doch an der Tür drehte er sich nochmal um und zwinkerte ihr zu.

»Keine Sorge, was Gustav Klimt angeht, ist der Markt leergefegt. Viel Spaß noch mit deinem Scheich!«

Laut lachend marschierte er rüber zum Wohnhaus. Ihr Gesichtsausdruck war aber auch wirklich zu komisch gewesen!

***

Stöhnend stützte Elisabetta ihren Kopf auf ihre Hände. Was zum Teufel tat Maximilian denn hier?! Sollte der nicht zwischen den Beinen dieses Models liegen? War ihm *jetzt schon* langweilig mit ihr geworden?

Das hätte echt schiefgehen können. Ihr Mann hätte nur fünf Minuten eher heimkommen müssen und wäre ihrem Besucher direkt in die Arme gelaufen. Im Leben wäre er dann nicht auf die Idee verfallen, dass sie mit diesem Mann eine Affäre hatte! Ganz abgesehen davon, dass ihr Kunde natürlich glaubte, ihr Mann wisse über das geplante Geschäft Bescheid. Am Ende wäre womöglich der ganze Schwindel noch aufgeflogen!

Sie rieb sich die Stirn. Na, es war ja gerade nochmal gutgegangen! Und vielleicht erwies sich diese Begegnung als Glücksfall, immerhin konnte sie die Nacht wie geplant woanders verbringen, ohne dass sie sich eine Ausrede für Maximilian einfallen lassen musste. Der würde natürlich annehmen, dass sie mit ihrem Liebhaber zugange war.

Tatsächlich hoffte Elisabetta ja auf eine heiße Liebesnacht. Nur, dass der betreffende Mann davon noch nichts ahnte. Außerdem fuhr der keine Limousine. Noch nicht! Mit ihrer Hilfe könnte sich das allerdings bald ändern.

So gesehen lief ja alles wie geplant. Zufrieden schnappte sie sich ihr Handy und schickte Maximilian eine Nachricht. ›Sandra hat angerufen‹, schrieb sie. ›Bitte zurückrufen. Ich muss nochmal weg.‹

Ha, damit sollte er erstmal beschäftigt sein, während sie in aller Ruhe nach Pfaffenhofen fahren und dafür sorgen konnte, dass ihr Mann mit seiner Vermutung, dass sie eine Affäre hatte, auch tatsächlich recht behielt.

Eine Stunde später drückte Elisabetta auf die rostige Klingel neben der verwitterten Eingangstür des windschiefen Hauses und fragte sich zum x-ten Mal, wie ein Mann mit einer derartig herausragenden Begabung so leben konnte. In dem ehemaligen Bauernhof rührte sich nichts, doch das wunderte sie nicht besonders, wahrscheinlich war der Künstler mal wieder völlig in seine Arbeit vertieft.

Seufzend krempelte sie einen Ärmel ihrer schicken Bluse hoch und langte voller Verachtung in einen mit brackigem Regenwasser gefüllten Zinkeimer, der neben der Haustür stand. Na, wenigstens war der Schlüssel noch drin. Sie sperrte auf und trat leise ein.

»Hallo?«

Immer noch keine Reaktion. Elisabetta duckte sich unter einem niedrigen Türstock hindurch und betrat die ehemalige Scheune, die dem Künstler jetzt als Atelier diente. Tatsächlich saß Aaron mal wieder vor seiner Staffelei und tat so, als hätte er sie nicht gehört. Sie bewunderte einen Augenblick seine breiten Schultern in dem abgewetzten Holzfällerhemd und die wirren dunklen Locken, die wie immer mit etlichen Farbspritzern verziert waren, ehe sie sich nochmal bemerkbar machte.

»Ist es fertig?«, fragte sie ehrfürchtig, doch dann sah sie, womit er sich gerade beschäftigte: Hingebungsvoll schmierte er eine graue Paste auf das wunderbare Bild.

»Was machst du da?«, kreischte sie entsetzt. Er zerstörte es ja!

Aaron zuckte zusammen.

»Blöde Schnepfe!«, brüllte er sie über seine Schulter hinweg an. »Ich dachte, das Gemälde soll nicht gleich bei dem ersten Möchtegern-Experten als gefälscht durchfallen. Dafür sorge ich jetzt!«

»Entschuldige«, sagte Elisabetta beschämt, während er sich schon wieder von ihr abgewandt hatte.

Aaron hatte ja recht, sie hatte nicht die geringste Ahnung von seiner Kunst.

»Es ist nur … ich habe einen Interessenten. Auch für die anderen beiden Bilder«, verteidigte sie sich kleinlaut.

»Halt die Klappe!«, knurrte er. »Wenn es unbedingt sein muss, kannst du warten, bis ich hier fertig bin.«

Geknickt hockte sie sich auf einen wackeligen Schemel. Verdammt, da hatte sie sich einen schönen Abend mit Aaron machen wollen, und dann fiel ihr nichts Besseres ein, als den Künstler bei der Arbeit zu stören! Sie stellte sich aber auch zu blöd an.

Eine gefühlte Ewigkeit lang saß sie so da und bemühte sich, möglichst leise zu atmen, als Aaron plötzlich aufsprang, ein paar Schritte zurücktrat und das Gemälde kritisch betrachtete.

»Fertig. Übermorgen kannst du es abholen.«

»Echt? Super!«

Elisabetta sprang auf, stöckelte zu ihm, schlang ihr Arme um seine Mitte und drückte einen Kuss auf seine stopplige Wange. Doch Aaron schüttelte sie unwillig ab, als sei sie ein lästiges Insekt, ließ sich in einen löcherigen Ohrensessel fallen und begann damit, sich eine Zigarette zu drehen.

»Ich hoffe, der Preis stimmt«, knurrte er.

»Oh ja! Ich schätze, wir haben einen Grund zum Feiern.«

Mit großer Geste holte sie eine Champagnerflasche aus ihrer Tasche. Sie war extra einen Umweg gefahren, um noch eine gekühlte Flasche zu kaufen, damit sie nicht vor Maximilians Augen den bereits erstandenen Schampus aus dem Kühlschrank holen musste.

»Mag ich nicht«, brummte Aaron. »Hol mir ein Bier aus dem Kühlschrank.«

Eifrig trippelte sie nach nebenan, öffnete eine Bierflasche mit einem reichlich klebrigen Öffner und sah sich nach einem Sektglas um. Da keines aufzutreiben war, entschied sie sich für einen etwas angeschlagenen Becher. Sie wollte schon zurückgehen, als ihr noch etwas einfiel – hastig öffnete sie die obersten zwei Knöpfe ihrer Bluse.

Zurück im Atelier reichte Elisabetta dem Maler das Bier und öffnete die Champagnerflasche für sich. Sie füllte den Becher bis zum Rand, hob ihn hoch und sagte salbungsvoll:

»Auf Gustav Klimt und die Kohle, die er uns einbringen wird!«

»Hm«, machte Aaron und betrachtete sie dabei interessiert. Er nahm einen tiefen Schluck aus der Bierflasche, ohne jedoch die geöffneten Knöpfe ihrer Bluse aus den Augen zu lassen. Elisabetta spürte, wie sie rot wurde.

»Wie war das nochmal – es gibt was zu feiern?«, fragte der Maler, und ein erwartungsvolles Kribbeln breitete sich in ihrem Bauch aus.

»Ich finde ja, zur Feier des Tages könntest du meinen Schwanz lutschen«, sagte er und zündete sich noch eine Zigarette an. »Da hätte ich jetzt echt Bock drauf.«

Einen Augenblick lang war Elisabetta irritiert, da sie sich den Verlauf des Abends eigentlich ein wenig anders vorgestellt hatte. Doch dann fiel ihr ein, dass sie hier nicht irgendeinen Schmierfinken vor sich hatte, sondern ein einzigartiges Genie. Es war eine verdammte Ehre, ihm einen blasen zu dürfen!

»Ich auch«, hauchte sie also und ging mit wiegenden Hüften auf ihn zu.

***

Maximilians Laune besserte sich weiter, als er feststellte, dass Elisabetta so schnell das Haus verlassen hatte, dass sie sogar den Champagner vergessen hatte. Für ihn hatte sie den bestimmt nicht kaltgestellt. Na, umso besser, da konnte er mit seiner Frau auf ihre wunderbar funktionierende Ehe anstoßen, sobald sie wieder auftauchte.

Rasch erledigte er einige Telefonate und sah dann die Post durch, als er seinerseits von seinem Geschäftsführer angerufen wurde.

»Hallo Boss«, meldete der sich und hörte sich dabei wenig zerknirscht an. »Ich komme gerade von Valentina.«

»Dann lass mal hören.«

Pierre Fournier klang zunehmend begeistert, während er von seiner Begegnung mit dem Model schwärmte. *Valentina meint dies, Valentina findet das* – Maximilian verzog das Gesicht. Na, den hatte sie ja schön um den Finger gewickelt!

Erst, als Pierre von seiner neuesten Idee berichtete, horchte er auf. Nicht, dass bei ›Caminata‹ bisher das Essen lieblos auf die Teller geklatscht worden war – aber damit zu werben, dass man in ihren Restaurants nicht nur gut essen, sondern auch noch in den Social-Media-Kanälen prima damit angeben konnte, hörte sich ziemlich interessant an.

»Die passenden Hashtags werden gleich auf der Speisekarte mit ausgewiesen. Das war auch Valentinas Idee«, schwärmte Pierre.

»Dann darf ich wohl annehmen, dass euch beiden eine erfolgreiche Zusammenarbeit bevorsteht«, ätzte Maximilian.

Pierre seufzte.

»Okay, ich geb's zu, ich habe gedacht, du hättest dich in dieser Sache eher von deinem Schwanz lenken lassen – tut mir leid Boss, das kommt nicht wieder vor. Deine Freundin ist perfekt für diese Kampagne.«

Ungewollt musste Maximilian lachen. Pierres freche Ehrlichkeit imponierte ihm ziemlich.

»Schon okay. Habt ihr über das weitere Vorgehen gesprochen?«, fragte er versöhnlich.

»Ich habe vorgeschlagen, dass wir uns morgen Vormittag im Schwabinger ›Caminata‹ treffen. Unser Chefkoch hat auch ein paar Ideen.«

Maximilian hatte den Eindruck, als wolle Pierre noch etwas hinzufügen, doch der schwieg.

»Gut, ich komme auch auf einen Sprung vorbei. Das interessiert mich auch«, behauptete er, bevor er das Gespräch beendete.

In Wahrheit wollte er die beiden auf keinen Fall nochmal allein lassen. Pierre war ihm ein wenig *zu* entzückt von Valentina. Der Kerl sollte sich gefälligst eine eigene Freundin suchen, Valentina gehörte zu ihm!

Verwirrt fuhr er sich durch die Haare. Was dachte er denn da schon wieder? Valentina war nicht seine Freundin, das war schließlich schonmal schiefgegangen. Er wollte lediglich sein immenses Verlangen nach ihr stillen und sie für ihren miesen Verrat damals bestrafen, sonst gar nichts.

Eigentlich hatte Maximilian am Abend wieder zurück nach München fahren wollen, doch nun verwarf er die Idee wieder. Er musste sich dringend etwas überlegen, damit Valentina ihn nicht ständig aus dem Konzept brachte, sonst war am Ende wieder er der Dumme.

Seufzend schob er die Post beiseite und ging hinüber ins Wohnzimmer. Wann hatte er eigentlich das letzte Mal einen gemütlichen Abend vor dem Fernseher verbracht? Vielleicht sollte er sich einfach mal entspannen und gar nichts tun.

Er zappte ein wenig herum und entschied sich schließlich für einen alten ›Tatort‹. Wie es mit Valentina und ihm weitergehen sollte, konnte er sich auch morgen noch überlegen.

***

Valentina kam sich ziemlich albern vor, weil sie angenommen hatte, Pierre käme vorbei, um mit ihr zu schlafen. Ganz offensichtlich dachte sie in den letzten Tagen viel zu viel über Sex nach, oder wie waren diese Hirngespinste sonst zu erklären?

Dabei war das eine ganz normale Besprechung gewesen! Auch wenn sie den Geschäftsführer der ›Caminata‹-Restaurants ziemlich charmant fand. Mit seinen schulterlangen Haaren im Surfer-Look, dem gepflegten Dreitage-Bart und dem lässigen Business-Anzug sah er auch ziemlich gut aus. Warum klopfte ihr dummes Herz denn nur dann so heftig, wenn sie Maximilian sah, und nicht, wenn sie einen netten Mann wie Pierre Fournier kennenlernte?

Apropos Maximilian. Nachdem der eine Teil ihrer Abmachung nun ins Laufen gekommen war, würde er bestimmt wieder hier auftauchen, um auch den Rest einzufordern.

Nach den ganzen Aufregungen am Nachmittag fühlte sie sich ein wenig verschwitzt und wäre gerne unter die Dusche gesprungen, doch sie hatte Angst, dass Maximilian genau dann zurückkäme, wenn sie nackt im Bad stand. Wobei er sie natürlich so oder so nackt sehen würde, aber dennoch wollte sie ihm bei ihrer nächsten Begegnung nicht gleich so ungeschützt und verletzlich gegenübertreten müssen.

Also setzte sie sich wieder an den kleinen Tisch, schickte ein paar nichtssagende Nachrichten an ihre Freundinnen und kontrollierte ihr Girokonto. Maximilian hatte einen stattlichen Vorschuss überwiesen.

Ein nervöses Kribbeln breitete sich in Valentina Bauch aus. Da würde er ja nicht mehr lange auf sich warten lassen.

Aber es passierte nichts. Langsam bekam sie Hunger, traute sich aber nicht, das Sushi, das sie im Kühlschrank entdeckte, zu essen. Wahrscheinlich würde Maximilian das haben wollen. Nach dem Sex oder davor?

Verflucht, sie hatte doch nicht mehr an Sex denken wollen! Sie packte stattdessen einen der Protein-Müsliriegel aus, die Freddy eigentlich für Wanda gebacken hatte und von denen sie in weiser Voraussicht einige eingesteckt hatte.

Als Maximilian danach immer noch nicht auftauchte, entschied sie sich dafür, es sich auf dem Bett bequem zu machen und den Fernseher einzuschalten. Sie fand einen alten ›Tatort‹ und lehnte sich zufrieden zurück. Bloß kein Liebesfilm!

Aber sie ahnte schon, dass sie nicht erfahren würde, wer der Mörder war, denn ihr fielen schon die Augen zu. Na, dann würde Maximilian sie eben wecken müssen. War ja nicht ihre Schuld, dass er nicht geruhte, zu einer angemessenen Zeit hier aufzutauchen!

***

Als Elisabetta am nächsten Morgen erwachte, tat ihr jeder Muskel in ihrem Körper weh. Dennoch war ihr erster Gedanke: *Aaron!*

Sie sah sich verstohlen nach ihm um und schämte sich sofort dafür, dass sie ein wenig erleichtert war, weil er das Bett bereits verlassen hatte. Dabei war sie doch heilfroh, dass er sie am Abend zuvor nicht weggeschickt hatte, nachdem sie ihm mit ihrem Mund verwöhnen durfte. Stattdessen hatte er ihr aufgetragen, Pizza zu holen. Sie war so happy gewesen!

Leider war sie dann gar nicht dazu gekommen, ihre Pizza zu probieren, da Aaron beim Essen gerne einen Strip sehen wollte. Aber in seiner Gegenwart hätte sie wahrscheinlich eh keinen Bissen heruntergebracht, da hatte sie ihm lieber die Freude gemacht.

Danach hatte er dann doch noch mit ihr geschlafen. Obwohl ›miteinander schlafen‹ nicht annähernd beschrieb, was sie gestern getrieben hatten. Er hatte sie ziemlich hart durchgefickt, das traf es besser. Im Augenblick fühlte sie sich einer weiteren Runde jedenfalls definitiv nicht gewachsen.

Einen Moment lang gab sie sich der Vorstellung hin, dass Aaron das Haus verlassen hatte, um ihnen ein schönes Frühstück zu besorgen, doch dann sah sie aus dem schmutzigen Fenster und entdeckte seinen rostigen Pick-up direkt davor. Klar, ein Mann wie Aaron hatte natürlich auch besseres zu tun, als Frühstück zu machen!

Elisabetta machte eine kurze Bestandsaufnahme. Ihre linke Brust zierte eine hässliche Bissspur, ihre Möse brannte und an ihrem Rücken spürte sie deutlich die Striemen, die Aaron hinterlassen hatte, als er im Eifer des Gefechts seinen Gürtel darüber gezogen hatte. Wie sie es sich gedacht hatte: Aaron war ein richtig wilder Kerl im Bett!

Vor lauter Sorge, dass sie es Aaron vielleicht nicht recht machen könnte, war sie selbst gar nicht gekommen. Aber das war ja auch nicht so wichtig, wenn sie erst gelernt hatte, seine Wünsche perfekt zu erfüllen, würde sie automatisch befriedigt zurückbleiben. Vorsichtig verließ Elisabetta das Bett und wankte breitbeinig nach nebenan. Aaron war nirgends zu sehen. Schließlich fand sie ihn im Atelier, vor einer noch fast jungfräulich weißen Leinwand. Eine Zigarette klemmte zwischen seinen Lippen, in der einen Hand hielt er eine Tasse Kaffee, mit der anderen schwang er einen Pinsel.

»Guten Morgen«, hauchte Elisabetta.

»Verschwinde!«, schnauzte er sie bloß an.

»Natürlich«, sagte sie leise. »Danke für die wunderbare Nacht, Aaron!«

Dann huschte sie hinaus, doch ihr Herz jubelte. Sie hatte Aaron inspiriert. Sie war jetzt seine Geliebte *und* seine Muse, nicht einfach nur irgendeine Frau, die ihm dabei helfen sollte, seine Fälschungen zu Geld zu machen.

Besser hätte es doch gar nicht laufen können!

***

Maximilian startete frisch und ausgeruht in den Tag, obwohl er am Abend zuvor vor dem Fernseher eingeschlafen war. Wer wohl der Mörder gewesen war? Auf jeden Fall wusste er inzwischen ganz genau, wie er den heutigen Tag gestalten wollte: Wenn sie sich sowieso schon alle im ›Caminata‹ trafen, würde er Valentina gleich dort zum Mittagessen einladen. Das Wetter versprach hervorragend zu werden, und auf der Terrasse hinter dem Haus gab es eine wunderbar lauschige Ecke, wo sie ungestört sein würden – wie bei einem richtigen Date.

Aber schließlich wollte er, dass die Frau verrückt nach ihm wurde. Nachdem er sie erst erpresst und dann gekauft hatte, war es vielleicht nicht ganz verkehrt, ein paar Pluspunkte zu sammeln.

Er biss gerade sehr selbstzufrieden in sein Croissant, als er hörte, wie die Eingangstür geöffnet wurde, gefolgt von dem unverkennbaren Klacken von Absätzen auf den steinernen Fliesen des Eingangsbereiches.

»Elisabetta?«

Die Schritte wurden langsamer und nährten sich nur zögernd. Maximilian hatte schon einen dummen Spruch auf den Lippen, um seine Frau ein wenig mit der hinter ihr liegenden Nacht aufzuziehen, doch als er sie sah, verging ihm die Lust auf Späße.

Ihr Haar stand ihr wirr vom Kopf ab, ihre Augen glänzten fiebrig und die Wangen zierten einige hektische rote Flecken. Fest presste sie ihre Handtasche vor die Brust, als handele es sich dabei um einen Schutzschild, während ihr Blick ziellos durch die Küche irrte.

»Kaffee?«, fragte Maximilian sanft.

»Äh ... ich muss mich kurz frisch machen ...«, krächzte sie, drehte sich wieder um und floh förmlich aus der Küche.

Verblüfft starrte Maximilian seiner Frau nach. War das wirklich seine kühle, immer beherrschte Elisabetta gewesen?

So hatte er sie noch nie gesehen. Er spürte einen Stich in der Brust. War er etwa eifersüchtig auf ihren Liebhaber?

Da er Elisabetta nicht liebte, konnte das eigentlich gar nicht sein. Außerdem wusste er genau, wie sich Eifersucht anfühlte: Das hatte er erst gestern gespürt, als Pierre gar nicht mehr aus dem Schwärmen über Valentina herausgekommen war. Obwohl das natürlich eigentlich auch nicht sein konnte, schließlich liebte er Valentina ebenso wenig wie Elisabetta.

Aber immerhin war Elisabetta seine Frau. Und sie waren ein tolles Team. Sie schliefen auch hin- und wieder gerne miteinander. Vor kurzem hatte er ja sogar ernsthaft darüber nachgedacht, mit Elisabetta eine Familie zu gründen. Wenn er daran glauben würde, dass Männer und Frauen Freunde sein könnten, dann würde er Elisabetta als seine Freundin bezeichnen.

Was passte ihm also nicht daran, dass sie offenbar eine wilde Nacht hinter sich hatte? Es war doch okay, wenn ein anderer Mann sie glücklich machte.

Da fiel ihm auf, was ihn störte: Elisabetta sah nicht glücklich aus. Er wusste, wie Frauen aussahen, die eine heiße, aufregende und befriedigende Nacht hinter sich hatten: So, als würden sie von innen heraus leuchten. Elisabetta leuchtete kein bisschen.

Nachdenklich schenkte er sich noch einen Kaffee ein, während im ersten Stock die Dusche angestellt wurde. Elisabetta war eine kluge Frau, wahrscheinlich hatte sie ihren Lover längst zum Teufel geschickt und brauchte nun einfach ein bisschen Zeit, um sich von dieser Erfahrung zu erholen.

Dennoch wollte er nicht einfach verschwinden, ohne noch mal kurz mit ihr zu reden. Doch auch als er seine dritte Tasse Kaffee geleert hatte, tauchte sie nicht auf.

Leise ging Maximilian nach oben und fand seine Frau tief schlafend in ihrem Ehebett vor. Sie hatte sich fest in ihre Decke eingemummelt, an ihrem Hals entdeckte er den Spitzenkragen ihres bis oben hin geschlossenen, und für diese Jahreszeit viel zu warmen Nachthemdes.

Sanft strich er über ihr vom Duschen immer noch feuchtes Haar und murmelte leise: »Wenn du etwas brauchst – ich bin für dich da.«

RENDEZVOUS

Mit gemischten Gefühlen ging Valentina zur Tür, als es klingelte. Warum schellte Maximilian denn, das war doch sein Apartment? Bedeutete das etwa, dass er Rücksicht auf sie nehmen und sie nicht einfach überfallen wollte?

Doch vor der kleinen Wohnung stand Pierre und nicht Maximilian.

»Ich habe vergessen, mir deine Handynummer geben zu lassen«, sagte er betreten und machte dabei so ein belämmertes Gesicht, dass Valentina unwillkürlich lachen musste.

Auch wenn sie ein klein wenig enttäuscht war, dass es nicht Maximilian war.

»Ich hoffe, es macht dir nichts aus, gleich mitzukommen«, sagte Pierre und fügte rasch hinzu: »Maximilian wird auch da sein.«

»Kein Problem«, beschwichtigte sie ihn. »Da wir noch keine offiziellen Fotos machen wollen, brauche ich mich ja nicht stundenlang aufzubrezeln.«

Sie schlüpfte in ein Paar Ballerinas und zwinkerte ihm zu.

»Schon fertig!«

Jetzt lachte er auch.

»Todschick! Ich bin mit dem Auto da.«

Sie hatte mit einer dieser riesigen Karren gerechnet, die jederzeit bereit waren, vom Großstadtdschungel in die Wildnis zu wechseln und dabei mühelos Unmengen von Sportgeräten transportieren konnten. Deshalb war Valentina einigermaßen verblüfft, als Pierre eine Fernbedienung betätigte und sich daraufhin die Türen eines knallorangenen Sportwagens öffneten, der aussah, als würden sie beide kaum hineinpassen.

»Ein Tesla Roadster«, erklärte er stolz. »100 Prozent Elektro!«

Fast entschuldigend zuckte er mit den Schultern.

»Die perfekte Kombination, um einen Haufen Geld auszugeben, etwas für die Umwelt zu tun und gleichzeitig auf der Leopoldstraße ein bisschen anzugeben.«

Dabei sah er aus wie ein kleiner Junge, der sich über sein Spielzeug freut. Valentina lachte.

»Als Single braucht man sowieso nicht so eine riesige Karre«, fügte Pierre hinzu, und sie zwängten sich in das Gefährt.

Seltsam, dass ein Mann wie er nicht längst einen Kombi brauchte – für die wunderbare Frau, die eigentlich an seiner Seite sein müsste und die gemeinsame Kinderschar. Ob Pierres unregelmäßige Arbeitszeiten eine glückliche Beziehung verhinderten? Sie weigerte sich jedenfalls strikt zu glauben, dass alle Frauen so blöd waren wie sie und nur dann Herzklopfen bekamen, wenn ein Mann wie Maximilian auftauchte und sie schlecht behandelte!

Wobei das mit der schlechten Behandlung natürlich nicht immer so gewesen war. Offenbar hatte ihr Verstand es schlicht versäumt, dem Rest ihres Körpers mitzuteilen, dass Maximilian inzwischen von einem liebevollen Lover zu einem fiesen Erpresser mutiert war, dem man besser aus dem Weg ging, anstatt sich ihm hinzugeben.

»Mit einem größeren Wagen hätte ich in München wahrscheinlich keine Chance, jemals einen Parkplatz zu finden.«

Pierre schwärmte immer noch von seinem Auto. Und tatsächlich gelang es ihm, den Sportwagen ganz in der Nähe des ›Caminata‹ in eine Parklücke zu manövrieren, an der ein SUV mit Sicherheit gescheitert wäre.

Valentina hatte es in den letzten Jahren vermieden, eines der ›Caminata‹ Restaurants zu betreten, zu groß war ihre Angst gewesen, plötzlich Maximilian gegenüber zu stehen. Nun konnte sie nur staunen, was inzwischen aus den Restaurants geworden war: vorbei der 70er-Jahre Charme mit schweren Tischdecken, Plüschmöbeln und einem gemalten Sonnenuntergang an den Wänden. Das Innere war völlig modernisiert worden, ohne allzu sehr durchgestylt zu wirken. Vielmehr fühlte man sich dank der modernen Holzmöbel, der karierten Tischdecken und weiterer liebevoller Accessoires wie in einer Trattoria in Italien.

Unwillkürlich musste sie daran denken, wie sehr sie damals Maximilians Tatendrang bewundert hatte. Nach dem Tod seines Großvaters war er plötzlich mit der ziemlich heruntergewirtschafteten Restaurantkette dagestanden, und das, wo er gerade dabei war, sich als Kunsthändler einen Namen zu machen und in seinem Elternhaus eine kleine Galerie zu eröffnen. Dennoch hatte er immer Zeit und Muse gefunden, mit ihr einen romantischen Spaziergang an der Isar zu machen oder sich mit ihr in einem lauschigen Café zu treffen.

›Ich delegiere die Arbeiten, von denen andere sowieso mehr verstehen, ohne die Entscheidungsgewalt ganz aus der Hand zu geben‹, hatte er ihr erklärt.

Ein Konzept, das offenbar aufgegangen war.

»Ah, da ist ja Emilio, unser Chefkoch!«, sagte Pierre.

Eigentlich rechnete Valentina mit einem dieser kleinen, runden Italiener mit schmutziger Kochschürze, die immer nach Tomaten, Knoblauch und Oregano rochen und einen sofort in eine herzliche Umarmung zogen, als sei man ein lange vermisstes Familienmitglied.

Doch Emilio war groß, hatte eine Hakennase und wässerige Augen, seine hagere Gestalt steckte in einem makellos weißen Kochkittel und als er ihr die Hand reichte, vermied er es, sie anzusehen. Valentina fand, er hätte gut als Killer in einem Tarantino-Film auftreten können und fürchtete sich ein wenig davor, das essen zu müssen, was dieser Mann kochte.

»Ich glaube, wir können anfangen, Maximilian wird sicher gleich da sein«, schlug Pierre vor.

Emilio nickte nur, verschwand kurz in der Küche und tauchte mit einem Teller wieder auf. Sofort vergaß Valentina ihre Vorbehalte. Sie würde sterben, wenn sie nicht probieren durfte, was Emilio nun vor sie hinstellte, zu lecker sahen die gemischten Vorspeisen aus, die der Koch zu hübschen Türmchen aufgeschichtet hatte.

Begeistert zückte Valentina ihr Handy, um gleich mal auszuprobieren, wie sich der Vorspeisenteller so als Fotomodel machen würde, während Pierre versuchte, Emilio in eine

Diskussion über das passende Hashtag zu verwickeln. Nachdem der Koch sich jedoch weiterhin einsilbig gab, beschloss Pierre, lieber ein paar Fotos von Valentina mitsamt den Vorspeisen zu machen.

»Sie könnte probieren«, warf Emilio leise ein. »Wenn sie mag.«

»Ob ich mag? Nichts lieber als das!«

Emilios Mundwinkel bewegten sich eine Winzigkeit nach oben. Könnte das der Ansatz eines Lächelns sein?

Sie hob den Teller leicht an, angelte sich ein kleines Türmchen aus Auberginen, Tomate, Mozzarella und Basilikumpesto und konnte sich gerade noch beherrschen, es nicht in den Mund zu schieben, bevor Pierre nicht ein paar Fotos gemacht hatte. Nichts gegen Freddys Müsliriegel, ab nachdem sie sich seit gestern von nichts anderem ernährt hatte, konnte sie es kaum erwarten, Emilios Kreation zu probieren.

»Mega-Hammer-Lecker!«, befand sie schließlich, als das Türmchen endlich in ihrem Mund verschwunden und verspeist worden war.

»Die Fotos werden super«, fand Pierre. »Du siehst großartig aus!«

Eifrig machte Valentina sich daran, weiter zu probieren, damit noch mehr schöne Fotos entstehen konnten. Schließlich war Pierre zufrieden, und einträchtig beugten sie sich über sein Handy und betrachteten die Bilder.

»Oh je, da läuft mir Tomatensauce übers Kinn, da sehe ich aus wie ein Vampir«, kicherte Valentina.

»Eine sehr hübsche Vampirin«, versicherte Pierre ihr.

»Oder das da«, lachte sie. »Ich sperre den Mund ja so weit auf wie ein Vogelbaby.«

»Der Turm ist zu groß«, meinte Emilio nachdenklich. »Ich könnte die Garnele auch mit …«

Doch gerade als Valentina glaubte, der Koch würde nun ein wenig aus sich herauskommen, platzte Maximilian in die Runde.

»Oh, ihr habt schon angefangen, sehr gut! Was habe ich verpasst?«, fragte er leutselig.

Die drei fuhren auseinander, als seien sie soeben bei der Planung einer Schandtat erwischt worden, und Emilio verstummte sofort. Lächelnd kam Maximilian auf sie zu, gab Pierre und dem Koch die Hand und hauchte einen Kuss in die Luft neben Valentinas linkem Ohr. Doch die ließ sich nicht täuschen: Sie kannte Maximilian, und er war sauer. Weil sie ohne ihn angefangen hatten oder weil es ausgesehen haben musste, als heckten sie etwas aus, konnte sie allerdings nicht sagen.

Es imponierte ihr, dass Maximilian sich davon nichts anmerken ließ. Als Chef konnte man ja durchaus ungehalten werden, wenn die Angestellten sich nicht dazu herabließen, auf das Erscheinen ihres Arbeitgebers zu warten – und schließlich lag es in seiner Macht, jedem der hier Anwesenden einigen Ärger zu bereiten!

Stattdessen betrachtete er nun interessiert die Fotos, die Pierre ihm zeigte. Valentina entging allerdings nicht, dass der Geschäftsführer sich mit Komplimenten in ihre Richtung nun zurückhielt, und Emilio starrte eindringlich auf den ziemlich derangierten Vorspeisenteller und brachte gar kein Wort mehr heraus. Eine interessante Wirkung, die Maximilian da auf seine Belegschaft ausübte – aber wem wollte sie das vorwerfen? Seit seiner Ankunft war jede Faser ihres Körpers gespannt, und sie sagte ebenfalls keinen Ton mehr.

»Sollen wir mit dem nächsten Menüpunkt weitermachen?«, schlug Pierre schließlich vor.

Emilio floh förmlich in die Küche, und kopfschüttelnd sah Maximilian ihm nach.

»Irgendwann musst du mir mal verraten, wie es dir gelingt, mit ihm zu kommunizieren«, sagte er zu Pierre.

»Du machst ihm Angst.«

»Ich?! Emilio ist es doch, der so aussieht, als wäre er mit finsteren Mächten im Bunde!«, entgegnete Maximilian gespielt empört.

Valentina musste kichern – schließlich hatte sie beim Anblick des Koches etwas ganz Ähnliches gedacht – und auch Pierre grinste. Die Spannung, die seit Maximilians Ankunft über der kleinen Gruppe gelegen hatte, lockerte sich ein wenig, und als Emilio die Pasta brachte, hatten sowie so alle nur noch Augen für das Nudelgericht.

Ganz so lustig wie zuvor ging es nun nicht mehr zu, doch Valentina fand, sie arbeiteten alle sehr konzentriert an der Idee für die neue Kampagne. Auch wenn Emilios Anteil sich nun darauf beschränkte, immer neue Teller zu bringen.

Nach dem Dessert – einer hervorragenden Kombination aus verschiedenen Mousse – verschwand Emilio in der Küche, um die Vorbereitungen für das Mittagessen zu überwachen, während schon die ersten Kellner erschienen und damit begannen, die Tische einzudecken.

»Ich glaube, wir haben genug Fotos«, sagte Maximilian zu Pierre.

Der verstand den Wink sofort und erklärte, er würde die Ausbeute mal lieber in seinem Büro am PC sichten.

»Und du Valentina? Hast du Lust, von einem unserer Gerichte mehr als nur ein paar Häppchen zu probieren? Ich möchte dich zum Essen einladen.«

»Natürlich, sehr gerne«, sagte sie.

***

Selbstverständlich sagte sie ›Ja‹, obwohl sie alles andere als begeistert aussah. Aber schließlich hatte er keinen Zweifel daran gelassen, dass er erwartete, dass sie ihm rund um die Uhr zur Verfügung stand. Vielleicht fürchtete sie, dass er sie beim Essen darauf ansprechen könnte, was sie sich damals geleistet hatte?

Maximilian bestellte erstmal zwei Bellini, um die Situation ein wenig zu entspannen. Im Augenblick wollte er gar nicht an seine Rache denken und auch nicht daran, dass er nur hier war, um sie verrückt nach ihm zu machen. Schließlich sollte es eine Strafe für sie sein, wenn er sie verließ. Aber heute wollte er sich viel lieber vorstellen, dass sie beide ganz ohne Hintergedanken ihre Mittagspause miteinander verbringen wollten.

»Das werden sehr schöne Fotos«, sagte er.

Nicht gerade die originellste Gesprächseröffnung, aber immer noch besser als: ›Ein schöner Tag heute‹, oder?

»Na ja, das liegt eher an Emilios Essen als an mir«, entgegnete sie gepresst.

»Oh, ich fand deine Präsentation ebenfalls sehr ansprechend.«

Die Bellinis kamen, er prostete ihr zu und nach den ersten Schlucken schien Valentina tatsächlich ein wenig lockerer zu werden.

»Ja, wenn man nicht gerade Fotos mit irgendwelchen Tieren mit mir machen will, kann man mich durchaus engagieren«, meinte sie selbstironisch.

»Ah, Tiere sind nicht so dein Ding, stimmts?«, griff er den Faden sofort auf.

Sie nickte und dann begann sie von ihrem letzten Shooting zu erzählen, von dem Fotografen Leonardo DaSilva, der als Künstler galt, sich aber wie ein Arsch benahm und einem Schaf, das für den biologischen Kreislauf auf dem Dach sorgen sollte, stattdessen aber lieber Plastikblumen fraß.

»Vielleicht strebte das Viech aber auch eine Karriere als Topmodel an, wer weiß das schon«, sagte Valentina spöttisch.

So, wie sie die Geschichte zum Besten gab, hörte sich alles total witzig an: Der aufgeblasene Leo, die frauliche Valentina zwischen all den androgynen Models und dann auch noch Urschafe auf einem Dach eines Hochhauses mitten in

München! Doch Maximilian konnte sich gut daran erinnern, wie erschrocken sie auf eine winzige Maus reagiert hatte, die einmal direkt vor ihnen über den Bahnsteig der Münchner U-Bahn geflitzt war. Statt sich also darüber zu freuen, dass Valentina und er sich ganz normal und ungezwungen unterhielten, begann er sich zu fragen, was genau eigentlich hinter ihrer panischen Angst vor Tieren steckte.

»Aber stell dir nur vor, ein paar Tage zuvor hatte ich schon einmal ein Erlebnis mit einem Tier: Da hat mich jemand gebucht und schwärmt mir ständig von meinem tollen Partner für das Shooting vor, ich freue mich schon auf einen interessanten Mann – und dann handelt es sich um einen Hund!«

Sie blies die Backen auf und begann, mit tiefer Stimme diesen Wiggerl nachzuahmen, als der versuchte, ihr den Chihuahua aufzudrängen. Maximilian konnte nicht anders als herzhaft mitzulachen, als sie im Brustton der Überzeugung sagte:

»Jetzt nimm des Hunderl halt auf'n Arm, Madl!«

Gerade als er sich dazu durchgerungen hatte, sie nach dem Grund ihrer Abneigung gegen den Hund zu fragen, winkte sie ab:

»Aber was erzähle ich da für alberne Geschichten. Auf deinen Reisen erlebst du sicher sehr viel interessantere Dinge.«

Maximilian entschied sich dafür, auf den Themenwechsel einzugehen. In den letzten Jahren hatte er durchaus die ein- oder andere brenzlige Situation gemeistert: Da war der Miet- wagen, dessen Bremsen auf einer Bergstraße versagten und der gerade noch zum Stehen gebracht werden konnte, oder der störrische Esel, auf dem die Reise dann fortgesetzt wer- den musste, oder der Mann, der ihn mit einer abgesägten Schrotflinte kreuz und quer durch einen Garten voller Kakteen gejagt hatte, weil er dachte, Maximilian wolle sein Gemälde stehlen … doch er packte keine dieser spektaku- lären Storys aus, die sowieso die Angewohnheit hatten, bei je- der Schilderung ein bisschen dramatischer zu werden. Statt- dessen erzählte er ihr von den Salazars.

Er begann damit, dass die Familie so ganz anders war als die neureichen Bonzen, die er erwartet hatte.

»Mein Freund Adriano hat versucht, mich vorzuwarnen, aber ich habe ihn gar nicht ernst genommen, da er an diesem Abend ständig mit irgendeinem Fluch anfing – ich dachte, er hätte ein bisschen zu viel gebechert.«

Valentina neigte sich interessiert zu ihm.

»Die Salazars hatten das Bild vor Jahren erworben, als es ihnen finanziell noch besser ging, obwohl sie ahnten, dass mit dem Verkäufer etwas nicht stimmte. Ich habe ihnen das natürlich direkt vorgeworfen, obwohl sie mich so nett empfangen haben. Als sie hörten, dass die Nazis der recht-mäßigen Eigentümerin das Bild gestohlen hatten, wollten sie gar kein Geld mehr annehmen. Damit wäre es natürlich das profitabelste Geschäft seit langem geworden. Fast wäre ich sogar darauf eingegangen …«

Maximilian fuhr sich durch die Haare. Warum erzählte er ausgerechnet Valentina davon? Die Geschichte ließ ihn ja nicht gerade im besten Licht dastehen – aber nun hatte er schonmal angefangen, und es tat ihm gut, endlich einmal mit jemandem darüber zu sprechen.

»Bis plötzlich der Enkel, so ein kleiner Pimpf, der bisher ganz ruhig mit seinen Bauklötzen gespielt hatte, aufsprang, mit seinen winzigen Fäusten auf meinen Oberschenkel ein-hämmerte und brüllte: ›Oma stirbt aber! Sie will doch einmal in ihrem Leben mit Opa zu den Torres del Paine reisen! Dazu braucht sie das Geld!‹«

Maximilian starrte auf die Tischdecke und kam sich erneut wie ein Idiot vor. Mit Ruhm hatte er sich ja wirklich nicht bekleckert, als er den Salazars vorschnell vorgeworfen hatte, sie würden mit Raubkunst den großen Reibach machen wollen.

»Das erste Mal überhaupt hatte dann ich Probleme, das Geld loszuwerden, dass meine Klientin bereit war, für das Bild zu bezahlen«, murmelte er.

Valentina legte eine Hand auf seine.

»Aber du hast es geschafft?«

Er nickte, sah sie wieder an und wurde mit einem strahlenden Lächeln belohnt – vielleicht das erste ehrliche und offene Lächeln, dass er an ihr sah, seit sie sich wiedergetroffen hatten.

Spontan entschied er sich, die Geschichte hier enden zu lassen. Wozu sollte es noch gut sein, zu erwähnen, dass er, als er das Bild endlich durch den Zoll gebracht hatte, einen Anruf von Herrn Salazar erhalten hatte? Der sich nochmal bei ihm bedankte, obwohl seine Frau in der Nacht nach der Besichtigung des Wahrzeichens des chilenischen Nationalparks friedlich eingeschlafen war? Dass sie abends noch gesagt hatte: ›Jetzt weiß ich, dass es einen Himmel gibt.‹?

Nein, damit würde er Valentina nur traurig machen. Stattdessen winkte er dem Kellner und nötigte sie dazu, einen großen Teller Pasta zu bestellen.

Nach dem hervorragenden, allerdings recht reichhaltigen Essen beschlossen sie, dass ihnen ein wenig Bewegung guttun würde, und brachen zu einem ausgedehnten Spaziergang auf. Sorgfältig vermieden beide sämtliche heiklen Themen wie ihr seltsames Arrangement oder die unschöne Trennung vor über drei Jahren. Und so war es fast wie früher, als sie die Tage unbeschwert miteinander verbracht hatten.

Unauffällig lenkte Maximilian ihre Schritte schließlich in Richtung des Apartments, und Valentina sah ihn mit großen Augen und bebenden Lippen an, als sie merkte, wo sie waren.

Sie rechnete natürlich damit, dass er sie nach oben begleiten würde. Was er auch zu gerne getan hätte. Aber das war noch so ein schöner Tag geworden, dass er nun nichts überstürzten wollte. Außerdem war da noch Elisabetta, die womöglich allein in ihrer Villa saß und darauf wartete, dass er das Versprechen, dass er ihr an diesem Morgen gegeben hatte, einlöste.

»Tut mir leid Valentina, aber ich muss gehen. Entschuldige bitte. Sehen wir uns morgen?«

Er hätte sich nicht entschuldigen und sie auch nicht fragen müssen, ob ihr das passte. Schließlich gehörte es zu ihren Aufgaben, für ihn da zu sein, wenn er Zeit für sie hatte. Aber es fühlte sich gut und richtig an. So wie sich der ganze Nachmittag gut und richtig angefühlt hatte. Maximilian hauchte ihr einen Kuss auf die Schläfe.

»Bis dann – ich freue mich.«

SCHÄFERSTÜNDCHEN

Maximilian lenkte den Porsche Boxster zurück nach Starnberg und überlegte dabei, ob Elisabetta ihr kleines Abenteuer inzwischen verdaut hatte. Wie sie diesen Scheich wohl kennengelernt hatte? Obwohl es natürlich gar nicht gesagt war, dass der Typ überhaupt ein Scheich war. Die Stretch-Limousine mit Chauffeur wies jedenfalls auf einen Kerl mit Kohle hin, es war also eher nicht zu befürchten, dass sie einem Gigolo aufgesessen war, der sie nur ausnehmen wollte.

Diese Gedanken beschäftigen ihn jedenfalls wunderbar auf der Fahrt aus München heraus, so dass er kaum in Versuchung kam, über den Nachmittag mit Valentina nachzudenken. Über ihr Date. Über seinen Plan.

Nein, er wollte gar nicht ergründen, weshalb es ihn glücklicher machte, mit einer Frau, die ihm übel mitgespielt hatte, durch München zu schlendern, als all seine aufregenden Eroberungen der letzten Jahre zusammen. Da überlegte er sich doch lieber, wie er das Gespräch mit Elisabetta am besten beginnen sollte. Schließlich gehörte seine Frau nicht gerade zu jenen Menschen, die ihr Herz auf der Zunge trugen.

Als Maximilian den Porsche schließlich in die Auffahrt zu seiner Villa lenkte, musste er jedoch feststellen, dass sich das Kopfzerbrechen nicht gelohnt hatte. Denn auf dem breiten Kiesweg parkten bereits einige Nobelkarossen, die ihm ziemlich bekannt vorkamen, gehörten sie doch allesamt seinen Nachbarn.

Messerscharf kombinierte er, dass verschiedene Ehepaare anwesend waren, befürchteten die Damen doch stets, dass auf dem Weg zum Nachbarhaus ihre Frisur oder ihre Absätze Schaden nehmen könnten und bestanden darauf, jede noch so kurze Strecke mit dem Auto zurückzulegen. Die Frage war nur: Was wollten die alle hier? Hatte er in seinem Eifer, Valentina zu erobern, irgendeine Einladung vergessen?

Er verließ den Wagen und folgte dem Klang von Klaviermusik hinter das Haus. Hier waren die Bäume mit Lampions geschmückt, hinter einer improvisierten Cocktailbar entdeckte Maximilian einen der Mitarbeiter von Elisabettas bevorzugtem Partyservice und ein paar Boxen auf der

Terrasse und sorgten für die musikalische Untermalung der Szene.

Mit lautem ›Hallo!‹ wurde seine Ankunft von seinen Nachbarn kommentiert, was darauf schließen ließ, dass die Cocktails, die sie in der Hand hatten, nicht ihre ersten waren.

»Heute ist so ein schöner Tag, da musste ich einfach spontan zu einer Vollmondparty einladen«, erklärte Elisabetta hastig, schien jedoch ehrlich froh zu sein, ihn zu sehen.

Blieb nur die Frage, ob dieser spontane Einfall daher rührte, dass sie über ihren Lover schon hinweggekommen war – oder daher, dass sie diese Episode noch lange nicht überwunden hatte.

»Maximilian, mein alter Freund!«, die schwere Hand seines Nachbarn Sepp landete auf seiner Schulter. »Endlich haben wir mal wieder Zeit zum Quatschen!«

Sah nicht so aus, als käme er bald dazu, Elisabetta diese Frage zu stellen.

***

Valentina starrte aus der riesigen Fensterfront in Maximilians Apartment hinaus in den kleinen Park und versuchte, mit ihren widerstreitenden Gefühlen klarzukommen.

Sie war stinksauer auf Maximilian, weil er sie ständig manipulierte und wie nebenbei ihren ganzen Körper in Aufruhr versetzte. Dann diese Einladung zum Mittagessen – damit hatte er doch nur demonstrieren wollen, welche Macht er über sie besaß, oder? Sie hätte ihm am liebsten den Hals umgedreht!

Und dann … war plötzlich alles wie früher gewesen.

Als sie noch über alles reden konnten. Als sie einander blind verstanden. Diese Geschichte mit den Salazars – die schien ihn echt mitgenommen zu haben, und auch Valentina hatten die Geschehnisse in Chile sehr berührt.

Wie konnte das sein, dass diese alte Vertrautheit wieder da war, wo doch jetzt so viel zwischen ihnen stand?

Kopfschüttelnd ging Valentina zu der kleinen Küchenzeile und beförderte das Sushi in den Müll. Schließlich hatte Maximilian ihr deutlich zu verstehen gegeben, dass er sie heute nicht mehr besuchen würde, da brauchte sie den rohen Fisch wirklich nicht mehr länger für ihn aufzuheben.

Wieso bestand er eigentlich nicht darauf, dass sie nun endlich mit ihm schlief? Wollte er sie nicht mehr? Denn wenn er wirklich so wenig Zeit hatte, wieso stromerte er dann ewig mit ihr durch die Straßen Münchens, anstatt sie direkt hier her zu bringen?

Und warum war sie nicht froh, dass er sie nochmal vom Haken gelassen hatte? Weil sie es endlich hinter sich haben wollte – oder weil es *Maximilian* war, mit dem sie schlafen wollte?

Sie verstand nicht, wie das sein konnte. Schließlich liebte sie ihn nicht. Nicht mehr. Aber für Valentina gehörten Sex und Liebe schon immer untrennbar zusammen – oder könnte sie sich da getäuscht haben? Allein bei der Vorstellung, dass ihre nackte Haut die seine berühren würde, dass sie einander so nahekämen, dass ihre Körper miteinander verschmolzen, wurde ihr heiß und kalt.

Sie wollte das!

Endlich schaffte sie es, das zuzugeben. Nur, dass Maximilian nun scheinbar nicht mehr wollte. Womöglich hatte er Skrupel bekommen? Egal, so ganz gleichgültig konnte sie ihm nicht sein, sonst hätte er nicht so viel Zeit mit ihr verbracht.

Eigentlich hatte sie ja vorgehabt, einfach stumm zu erdulden, was immer er mit ihr anstellen wollte. Sah so aus, als müsse sie von dieser Haltung Abstand nehmen, und sich stattdessen ein bisschen Mühe geben, um ihn in ihr Bett zu lotsen – na ja, eigentlich in sein Bett.

Aber genau das würde sie morgen tun!

***

Maximilian stand frisch und erholt auf. Im Gegensatz zu Elisabetta hatte er auf die Cocktails verzichtet und war beim Bier geblieben, wofür er an diesem Morgen mit einem klaren Kopf belohnt wurde. Er beschloss, seine Frau schlafen zu lassen, sich nur schnell einen Espresso zu machen und dann einen ausgedehnten Spaziergang am Starnberger See zu unternehmen. Vielleicht ergab sich dann später bei einem gemeinsamen Frühstück die Gelegenheit, mit ihr zu reden.

Tief sog Maximilian die frische Luft in seine Lungen, während er den Seeweg einschlug. Was für ein wunderbarer Morgen! Er genoss es, dass um diese Zeit von dem üblichen Getümmel, das im Sommer am See herrschte, noch nichts zu sehen war. Ein rüstiger Rentner nutzte den schönen Morgen für eine Runde im See und weiter hinten sah er einen Mann, der einen ungestümen jungen Hund ausführte, ansonsten war er allein.

Es wäre wirklich schön, wenn er auch einen Hund hätte. Zu schade, dass Valentina keine Tiere mochte.

Verwirrt blieb er stehen. Wie kam er denn jetzt darauf?! Es war doch völlig unerheblich, ob Valentina Hunde hasste oder ob sie mit einem ganzen Rudel Schlittenhunde zusammenlebte. Schließlich war er mit Elisabetta verheiratet, und er gedachte auch nicht, etwas daran zu ändern. Das mit Valentina war – eine Affäre, weiter nichts.

Vielleicht sollte er sich mal langsam Gedanken darüber machen, wie es weitergehen sollte, wenn diese Affäre vorbei war – und das würde ja in absehbarer Zeit soweit sein!

Vier Wochen, überlegte Maximilian. Vier Wochen sollten reichen, um sein Verlangen nach Valentina zu stillen. In vier Wochen würde Pierres neue Werbekampagne stehen, so dass sie sich danach alle voneinander verabschieden könnten. In vier Wochen war Elisabetta sicher auch soweit über ihren Lover hinweggekommen, dass sie seinen Beistand nicht länger benötigte – sofern ihr an diesem überhaupt gelegen war.

Und dann? Die Sache mit der Familiengründung war doch eher eine Schnapsidee gewesen. Aber hatte seine Frau nicht irgendwas von einer Inka-Statue erzählt? Er bezweifelte, dass der Auftraggeber inzwischen einen anderen Kunstdetektiv gefunden hatte, der sich auf die Suche nach dem verschollenen Objekt machen wollte. Je länger er darüber nachdachte, desto mehr Lust bekam er, all die verwirrenden Gefühle, die ihn seit seiner Rückkehr aus Chile plagten, hinter sich zu lassen und sich in ein neues Abenteuer zu stürzten. Ja, die

Vorstellung, gemeinsam mit Adriano irgendwo in Südamerika wieder auf die Jagd nach einem neuen Kunstwerk zu gehen, hatte etwas ungemein Verlockendes. Also würde er genau das tun!

Beschwingt kehrte er zu seinem Haus zurück, wo er zu seinem Erstaunen feststellen musste, das Elisabetta dieses bereits verlassen hatte. Wo war sie denn hin? Dass sie überhaupt noch an ihn dachte, verriet ihm einzig ein Zettel auf dem Küchentisch: ›Sandra zurückrufen!‹

Na, darauf hatte er gerade überhaupt keine Lust. Vielmehr interessierte ihn, wo sich seine Frau schon wieder rumtrieb. Er hoffte, dass ihr die ganze Sache einfach peinlich war und sie ihm deshalb aus dem Weg ging. Sie zu bedrängen würde sicher nichts bringen.

Also schickte er eine WhatsApp an sie: *Diese Inka-Statue – könnte mich ab Mitte September drum kümmern, frag doch bitte mal beim Auftraggeber nach. Melde dich, wenn was ist!*

Damit hatte er ihr hoffentlich deutlich genug zu verstehen gegeben, dass sie sich jederzeit an ihn wenden konnte, wenn sie mochte. Zu Maximilians Überraschung meldete sein Smartphone nur Sekunden später eine Antwort, doch als er es wieder zur Hand nahm, sah er, dass die Nachricht von Valentina und nicht von seiner Frau war.

Habe Dein Sushi entsorgt und den Kühlschrank mit frischem Obst und Gemüse bestückt. Wenn Du Lust hast, Dich heute Abend meinen eher rudimentär vorhandenen Kochkünsten auszusetzen, würde ich mich freuen, wenn Du vorbeischaust!

Er fürchtete, dass er ziemlich blöd grinste, als er die Nachricht wieder und wieder las. Ob er Lust hatte? Darauf konnte sie wetten!

Schade nur, dass es bis zum Abend noch so lange hin war. Andererseits – wenn er in vier Wochen wieder abreisen wollte, dann lag auch noch eine Menge Arbeit vor ihm. Immerhin trug er die Verantwortung für eine Restaurantkette und eine Galerie.

Seufzend begab er sich in sein Büro und hoffte, dass ihm der Papierkram mit der Aussicht auf einen wunderbaren Abend leichter von der Hand gehen würde.

***

Mit Todesverachtung angelte Elisabetta mal wieder den Schlüssel aus dem Zinkeimer. Warum legte Aaron den eigentlich nicht einfach unter die Fußmatte, wie jeder normale Mensch?!

Vielleicht weil der Fußabstreifer so fadenscheinig war, dass jeder Besucher den Schlüssel gleich entdeckt hätte? Und natürlich, weil Aaron alles andere als ein normaler Mensch war.

Sie betrat das Haus, und aus dem Atelier dröhnten ihr Heavy Metal-Klänge entgegen. Es stank nach Zigarettenrauch und nach etwas anderem, das sie nicht genau definieren konnte. Aaron hing schief in seinem Ohrensessel, zu seinen Füßen kullerte eine leere Flasche Wodka auf dem Boden herum und er selbst starrte entrückt an die Decke.

Elisabetta warf einen Blick auf das Bild, das Aaron gestern begonnen hatte und konnte sich beim besten Willen nicht erklären, was diese wirren Formen darstellen sollten. Vielleicht war es noch nicht fertig? Oder ein kunsthistorisches Studium reichte nicht aus, um ein Genie wie Aaron zu begreifen.

»Aaron«, rief sie und rüttelte an seiner Schulter, doch er schien völlig weggetreten zu sein.

Dabei musste sie dringend mit ihm sprechen. Der Kunde drängte auf einen Abschluss des Geschäftes, und das war kein Mann, den man warten ließ. Vor allem aber wollte Elisabetta dafür sorgen, dass Aaron und sie aus der Schusslinie waren, sollte der Käufer jemals merken, dass sie ihm Fälschungen angedreht hatten.

Irgendwann würde das bestimmt herauskommen. Und dann war es ihr wirklich lieber, er hielt sich an Maximilian schadlos und nicht an Aaron und ihr! Ihr Mann war ja selbst schuld, hätte er nicht auf diesem Ehevertrag bestanden, könnte sie sich jetzt einfach scheiden lassen und einen etwas ungefährlicheren Käufer für Aarons Bilder suchen. Mit dem Erlös und Maximilians Unterhaltszahlungen könnten sich Aaron und sie ein schönes Leben machen. Aber so, wie die Dinge lagen, war es wirklich besser, wenn sie untertauchten.

Aaron schwärmte davon, nach Südafrika auszuwandern, und nachdem er nun endlich auch gemerkt hatte, dass sie beide füreinander bestimmt waren, war es an der Zeit, die Planungen für ein neues Leben zu konkretisieren. Dazu musste sie ihn allerdings erstmal wach bekommen. Sie rüttelte erneut an Aarons Schulter. Tatsächlich sah er sie an, und so etwas wie ein Erkennen blitzte in seinen Augen auf.

»Ah, der Blasehase«, lallte er. »Kommst du, um meinen Schwanz zu lutschen?«

»Wir müssen reden, Aaron«, entgegnete sie, ein klein wenig ärgerlich.

»Mach schon … den Mund auf«, brabbelte er.

Sie dachte ja gar nicht daran. Sie war nicht in Stimmung. Doch dann warf er ihr einen dieser schiefen Blicke zu, mit denen er sie schon bei ihrer ersten Begegnung um den Verstand gebracht hatte. »Ich bin … verrückt … nach deinem süüüüßen Mund.«

Sofort wurde sie weich. Eigentlich wirkte er schon viel nüchterner. Und er gab zu, verrückt nach ihr zu sein! Als nächstes würde er ihr sicher seine Liebe gestehen. Über Südafrika konnten sie auch später reden.

»Und ich bin scharf auf dich«, raunte sie und öffnete seine Hose.

Doch schon bald merkte sie, dass Aaron wohl zu viel Wodka – oder zu viel irgendeiner anderen Substanz, deren Geruch noch im Atelier hing – erwischt haben musste, denn sein Penis hing trotz aller Anstrengungen weich und schlaff herab.

Für den Maler lag die Schuld jedoch ganz woanders.

»Mach hin ... du Schlampe. Jede Jungfrau ... bläst besser!«

Sie gab sich mehr Mühe. Leider ohne Erfolg.

»Lass es«, schimpfte Aaron schließlich. »Du bist einfach zu blöd dazu. Hau ab!«

»Nein, warte. Wenn ich vielleicht ...«

»Lass mich zufrieden, hab ich gesagt, du dumme Kuh!«

Wie in Zeitlupe sah sie, wie er die Hand hob, sah, wie sich diese ihrem Gesicht näherte, doch sie war unfähig, zurückzuweichen. Der Schlag traf sie mit voller Wucht und sie fiel nach hinten über.

Tränen traten ihr in die Augen, während Aaron wankend aufstand, seine Hose schloss und ihr noch einen geradezu verächtlichen Tritt in den Hintern verpasste, bevor er nach draußen schlurfte.

Schniefend blieb sie liegen. Wie hatte ihr das nur passieren können? Aaron hatte ganz recht, wenn er wütend auf sie war. Wenn sie es schon nicht schaffte, ihn zu befriedigen, hätte sie wenigstens gehorchen sollen. Die Ohrfeige hatte sie sich wirklich verdient.

Das nächste Mal würde sie es besser machen. Wenn er ihr nur erlaubte, ihm zu zeigen, wie sehr sie ihn liebte! In Südafrika würde sowieso alles anders werden, fernab von diesem ganzen Sumpf hier würden sie im Luxus leben und miteinander glücklich werden, davon war sie fest überzeugt.

***

Valentinas Herz machte einen kleinen Sprung, als sie Maximilians Antwort las.

Bin um 19:00 Uhr da. Ich freue mich!

Der erste Schritt war also getan. Fast hatte sie ja befürchtet, dass Maximilian sie wieder vertrösten würde. Nur – wie sollte es jetzt weitergehen?

Es war so furchtbar peinlich, aber sie hatte keine Ahnung, wie man einen Mann verführte. Da konnten ihr eigentlich nur ihre Freundinnen helfen. Sie rief Freddy an.

»Bist du noch in Italien?«, fragte diese als erstes misstrauisch. »Du klingst, als wärst du nebenan.«

»Dann bräuchte ich ja nicht anzurufen«, drückte Valentina sich vor einer konkreten Antwort. »Aber ich habe eine wichtige Frage: Wenn ich einen Mann herumkriegen möchte, wie stelle ich das an?«

»Häh?«, machte ihre Freundin verständnislos.

»Na ja, du weißt schon … Sex und so.« Valentina war heilfroh, dass Freddy ihren hochroten Kopf nicht sehen konnte.

Aber scheinbar hatte sie die Freundin heute auf dem falschen Fuß erwischt.

»Ich verstehe, was du meinst!«, grummelte die. »Da heißt es immer, die Kerle hätten nichts als Ficken im Kopf. Pah, von wegen. Da investiert man einen Haufen Zeit und Geld, um sich so richtig aufzubrezeln und am Ende liegt man doch allein im Bett!«

»Oh je, läuft wohl nicht so gut mit deinem Millionär?«, fragte Valentina mitfühlend, was eine längere Schimpftirade auf Freddys neueste Eroberung zur Folge hatte.

Sah ganz so aus, als stünde Freddy vor einem ähnlichen Problem wie sie: Der Mann, in den sie sich verguckt hatte, zog nicht so recht.

»Super, dass du dich gemeldet hast. Das hat jetzt echt gutgetan, das alles Mal rauszulassen!«, sagte Freddy schließlich.

Na, dann war ihr Anruf wenigstens zu irgendwas gutgewesen. »Wenn du einen Rat willst: Vergiss den Kerl schnellstens.«

»Ist gut«, sagte Valentina und verabschiedete sich. Denn wie sollte sie Freddy erklären, dass es ihr schon drei Jahre, einen Monat und neunzehn Tage lang nicht gelungen war, Maximilian zu vergessen?

Sie probierte es als nächstes bei Wanda, doch die ging nicht ran. Na ja, sie befürchtete ohnehin, dass Wanda eine ausgedehnte Joggingrunde für das passende Vorspiel hielt, ob die Freundin ihr helfen konnte, war sowieso fraglich.

Wer blieb dann noch? Spontan kam ihr der nette Pierre Fournier in den Sinn, doch dann fiel ihr ein, dass Maximilian immerhin sein Chef war, und sie wollte den sympathischen Geschäftsführer auf keinen Fall in Verlegenheit bringen. Stattdessen griff sie nach ihrem Handy und bemühte Google mit der Frage: *Wie verführe ich einen Mann?*

Tipps gab es reichlich. *Er soll sich wohlfühlen,* las sie da. Na hoffentlich, schließlich war das hier seine Wohnung. *Sei witzig und geistreich,* schlug eine andere Seite vor. Ja super, eigentlich war sie schon froh, wenn sie in seiner Gegenwart überhaupt einen klaren Gedanken fassen konnte. *Sei nicht billig.* Ha, ha, billig war es für Maximilian wirklich nicht gewesen, sie zu bekommen! *Berühre ihn wie zufällig,* wurde eine Bloggerin konkreter. Nicht schlecht, allerdings würde er dann gleich merken, wie sehr sie zitterte. Hm.

Was sie kochen sollte, hatte sie sich auch noch gar nicht überlegt. Eigentlich könnte sie Freddy danach fragen, doch die Freundin war so mit ihren eigenen Beziehungsproblemen beschäftigt, dass sie sie nicht auch noch damit belästigen wollte. Vielleicht sollte sie erstmal nach dem passenden Menü googeln?

Valentina beschloss, es noch mit einer einzigen Verführungsseite zu probieren, bevor sie sich dem Problem mit dem Essen zuwandte. Zu ihrer Verblüffung fand sie dort tatsächlich etwas Hilfreiches: *Der Mann möchte das Gefühl haben, dass er es ist, der dich verführt. Sorge einfach dafür, dass ihm das leichtfällt.*

Erleichtert presste sich Valentina ihr Smartphone an die Brust und lächelte. Ja, das könnte klappen! Leider wählte irgendjemand genau diesen Moment, um sie anzurufen, und Valentina erschrak derartig, dass ihr das Handy aus der Hand fiel. Zum Glück stand Maximilian auf hochflorige Teppiche, das hätte ihr jetzt gerade noch gefehlt, dass das Ding kaputtging!

»Ja?«

»Val …?«

Maximilian!

»Es ist so ein schöner Tag, und ich kann mich überhaupt nicht auf meine Arbeit konzentrieren. Also dachte ich mir: Warum bis zum Abend warten? Was hältst du von einer kleinen Planänderung?«

»Aber … ich habe noch gar nichts gekocht«, sagte sie verständnislos.

»Ich habe auch eher einen kleinen Ausflug im Sinn. Das Kochen holen wir nach, versprochen.«

Einen winzigen Moment lang war sie beleidigt, weil er schon wieder nicht hierherkommen wollte. Aber dann fiel ihr der Rat wieder ein. Überlasse ihm die Verführung! Natürlich, Maximilian wollte das Heft des Handelns wieder in die Hand nehmen.

»Ich bin in fünf Minuten fertig!«

Er lachte.

»Das wäre nur mit einem Hubschrauber zu schaffen – und so einen wirft mein Laden leider noch nicht ab. Ich bin in einer halben Stunde bei dir, okay?«

»Okay.« Das würde ihr zumindest die Möglichkeit geben, sich ihr verführerischstes Outfit herauszusuchen.

»Ich freue mich«, fügte sie noch leise hinzu, obwohl sie wusste, dass Maximilian bereits aufgelegt hatte.

***

Im Stillen beglückwünschte sich Maximilian zu seiner Idee, als er sah, wie gelöst Valentina heute in seiner Gegenwart war. Sie jauchzte sogar leise und streckte ihre Arme hoch in den Fahrtwind. Dabei war es ihm ursprünglich nur darum gegangen, dass er auf einmal nicht mehr mit Valentina in einem Bett zusammen sein wollte, das er schon mit diversen anderen Schönheiten geteilt hatte. Nein, er wollte etwas Besseres, nun, da sie endlich bereit war, zuzugeben, wie sehr sie ihn begehrte. Er hoffte jedenfalls, dass ihre Essens-einladung genau das bedeutete.

Weil es so ein wunderbarer, warmer Tag war, mied er die Autobahn und tuckerte stattdessen auf Bundesstraßen mitten durch das Fünfseenland bis hinein ins Allgäu. Valentina kicherte, als sie merkte, wo sie waren.

»Oh, sag bloß, du hast deine romantische Ader entdeckt und willst Schloss Neuschwanstein mit mir besichtigen?«

»Na ja, ich hätte ja nichts dagegen, ein wenig Prinz und Prinzessin mit dir zu spielen – aber leider sind tausende Asiaten vor mir auf die Idee gekommen. Nein, ich habe an etwas anderes gedacht«, sagte er geheimnisvoll und freute sich über ihre erwartungsvoll glänzenden Augen.

Tatsächlich schien sie noch nie hier gewesen zu sein, wie er entzückt feststellte, als er den Porsche auf einen kleinen Parkplatz in der Nähe des Schwansees lenkte. Ganz allein waren sie hier natürlich auch nicht, aber von dem Gedränge, das um diese Jahreszeit auf König Ludwigs Märchenschloss herrschte, waren sie hier doch weit entfernt.

»Lust auf einen Spaziergang?«

Sie nickte eifrig und er lenkte seine Schritte auf den Fußweg zum See. Dort bogen sie auf den Uferweg ein – und wurden schon bald mit einem fantastischen Blick auf die beiden Schlösser Hohenschwangau und Neuschwanstein belohnt.

»Ist das schön«, hauchte Valentina ehrfürchtig.

Maximilian lächelte und griff vorsichtig nach ihrer Hand. Ihre Finger schlossen sich um seine und eine wohlige Wärme, die nichts mit der strahlenden Sonne am Himmel zu tun hatte, breitete sich in ihm aus.

Auch wenn es ihm vorkam, als zittere sie ein wenig, so war sie offenbar dennoch nicht gewillt, seine Hand wieder loszulassen, und so setzten sie den Weg um den Schwansee mit verschränkten Fingern fort. Sogar als der Pfad sich so verengte, so dass es fast unmöglich wurde, nebeneinander herzugehen, drängten sie sich aneinander, nur um sich nicht loslassen zu müssen.

Erst, als sie zum Parkplatz zurückkamen, lösten sie ihre Hände voneinander und eine seltsame Verlegenheit breitete sich zwischen ihnen aus. Maximilian entriegelte den Wagen, doch keiner von beiden stieg ein.

»Und jetzt – fahren wir wieder nach München?«

»Ich dachte …« Maximilian räusperte sich. »Wenn du Lust hast, können wir in Hohenschwangau … also ich meine, ich kenne ein Hotel in Hohneschwangau, in dem wir übernachten könnten …«

Oh verdammt, er war nervös!

Valentina sah ihn mit weit aufgerissenen Augen an.

»Aber – ich habe nicht einmal eine Zahnbürste mit!«

Er lächelte.

»War das ein ›Ja‹? Dann kaufe ich dir sämtliche Zahnbürsten, die Hohenschwangau zu bieten hat.«

Sie lachte, um ihn dann gleich wieder ernst anzusehen.

»Ja«, sagte sie schlicht.

***

Ein Drogeriemarkt war schnell gefunden, und dank der wunderbaren Stimmung machte es Valentina nicht das geringste aus, dass sie einfach eine Tube Zahnpasta kauften, ohne stundenlang die Inhaltsstoffe zu studieren und diese am besten noch in diversen Apps zu überprüfen – eigentlich ein No-Go.

Dann lenkte Maximilian den Wagen auf den Parkplatz eines sehr schicken Hotels, und es schien ihn überhaupt nicht zu stören, dass sie nicht mit umfangreichem Gepäck, sondern mit einer kleinen Plastiktüte aus dem Drogeriemarkt anreisten. Wie von selbst fand Valentinas Hand wieder die seine, als sie sich auf den Weg zu Rezeption machten.

Dort erfuhr sie zu ihrer Überraschung, dass Maximilian bereits reserviert hatte. Er hatte nicht einfach nur ein Zimmer gebucht, sondern ein Chalet. Sie sah ihn mit weit aufgerissenen Augen an, als er sie zu dem ehemaligen Jagdhäuschen in unmittelbarer Nähe des Hotels führte.

»Aber – das ist ja ein Haus«, brach es entgeistert aus Valentina heraus.

»Ich wollte ungestört sein«, meine Maximilian und grinste sie so schief an, dass er sie unwillkürlich an einen Schuljungen erinnerte, der beim Schwänzen erwischt wurde. Sie lachte.

Das Innere des Hauses war umwerfend. Als erstes entdeckte sie das Wohnzimmer mit offenem Kamin – nicht gerade das, was man zu dieser Jahreszeit unbedingt benötigte, aber natürlich furchtbar romantisch! Außerdem sahen der angrenzende Wintergarten und die sich daran anschließende breite Terrasse ebenfalls sehr gemütlich aus und boten zudem einen tollen Blick auf das Schloss Neuschwanstein.

Valentina setzte ihre Erkundungstour fort, während Maximilian ihr grinsend folgte. In einer voll ausgestattet Küche standen mehrere abgedeckte Schüsseln und Töpfe herum, eigentlich seltsam in dem ansonsten penibel aufgeräumten Haus. Valentina lüftete einen Deckel, und der Geruch nach Rotwein und Bratensaft schlug ihr entgegen und erinnerte sie schlagartig daran, dass sie seit dem Frühstück nichts mehr gegessen hatte.

»Ich habe ein Dinner bestellt. Wie ich schon sagte, ich wollte ungestört sein«, raunte Maximilian ihr ins Ohr.

Ein Schauer rann ihren Rücken hinunter. Valentina ließ den Deckel fallen und vergaß ihren Hunger. Sie spürte seinen warmen Atem in ihrem Nacken, bevor Maximilian sie sanft küsste. Valentina erstarrte. *Jetzt schon?*, war alles, was sie denken konnte.

»Val ...«, sagte Maximilian rau. »Ich zwinge dich zu gar nichts, okay?«

»Okay«, kiekste sie.

Verdammt!

Seine Hände legten sich auf ihre Schultern, begannen sanft, sie zu massieren. Tatsächlich entspannte sie sich ein wenig.

»Schließ die Augen«, flüsterte er.

Sie gehorchte. Ja, so war es besser. Das ganze Drumherum hier trat ebenso in den Hintergrund wie ihre Angst und sie konzentrierte sich ganz auf seine sanften Hände, die nach und nach alle Verspannungen aus ihrem Körper verschwinden ließen.

Wieder begann er ihren Hals zu küssen, und diesmal konnte sie die Liebkosung genießen. Die Augen immer noch fest geschlossen, lehnte sie sich nach hinten, spürte seinen starken Körper in ihrem Rücken.

Als er sie schließlich sanft herumdrehte, ließ sie es geschehen, legte sogar bereitwillig den Kopf in den Nacken und bot ihm ihre Lippen zu einem Kuss dar. Maximilian ließ sich nicht lange bitten, ihre Münder trafen aufeinander, seine Zunge eroberte ihren Mund.

Dieser Kuss hatte nichts von der wütenden Raserei, mit der sie in seinem Apartment förmlich übereinander hergefallen waren. Dennoch spürte Valentina, wie die gleiche Leidenschaft wieder in ihr erwachte. Sie drängte sich an ihn, legte ihre Hände in seinen Nacken und klammerte sich an ihn, als sei sie am Ertrinken. Näher, sie wollte ihm noch näher sein! Er schien zu spüren, was sie wollte, vertiefte den Kuss noch, während seine Hände über ihren Rücken wanderten, und schließlich ihren Po umfassten.

»Ich will dich!«, stöhnte Valentina in den Kuss hinein, plötzlich von der Sorge erfasst, er könne schon wieder von ihr ablassen und erneut nicht beenden, was er jetzt begonnen hatte.

Maximilians Antwort bestand darin, sie hochzuheben. Valentina keuchte erschrocken auf, doch er trug sie einfach aus der Küche eine Treppe hoch in den ersten Stock, als wiege sie nichts.

Er betrat ein Schlafzimmer, das mit einem großen Himmelbett sowie einer Unmenge an frischen Blumen nicht stimmungsvoller ausgestattet sein könnte. Doch Valentina hatte weder dafür noch für die atemberaubende Aussicht aus einer breiten Flügeltür einen Blick übrig. All ihre Sinne waren auf den Mann gerichtet, der sie nun sanft wieder auf ihre Füße stellte, und sofort begann, den Reißverschluss seitlich an ihrem Kleid aufzuziehen. Sie ließ ihn gewähren, auch als er zärtlich die Träger ihres Kleides über ihre Schultern schob, so dass es zu Boden rauschte und sie nur noch in einem einfachen weißen BH und einem Höschen vor ihm stand.

Aber es war ihr nicht peinlich, denn Maximilian sah sie an, als sei sie das Schönste, was er je gesehen hatte. Ja, es schien ihr in diesem Moment, als sei alles in ihrem Leben nur deshalb passiert, damit sie jetzt hier stehen konnte und so angesehen wurde.

»Val …«

Kaum mehr als ein Krächzen. Maximilian streckte die Hände aus, rührte sie jedoch nicht an, als fürchte er, sie sei eine Fata Morgana, die sich in Luft auflösen würde, sobald er sie berührte. Sie zitterte schon wieder, dennoch schaffte Valentina es irgendwie, seine Handgelenke zu umfassen und seine Hände auf ihre Brüste zu legen.

»Val!«, stöhnte er und schloss für einen Moment die Augen.

Dann gab es kein Halten mehr. Er zog sie an sich, seine Hände schienen mit einem Mal überall zu sein und seine Küsse bedeckten ihren Körper. Valentina wurde schwindelig, dennoch mühte sie sich eifrig mit den Knöpfen seines Hemdes ab. Sie wollte ihn endlich ganz spüren, Haut an Haut, ohne jeden störenden Stoff!

Dass es Maximilian ebenfalls wie nebenbei gelang, die letzten Stückchen Stoff von ihrem Körper zu entfernen, merkte sie erst, als er sie erneut hochhob und sie splitternackt auf das breite Himmelbett legte.

Das wäre jetzt der richtige Moment gewesen, um in Panik zu geraten. Spätestens dann, als Maximilian sich auch noch seiner Hose entledigte, hätte sie mit der Angst zu tun kriegen sollen. Aber stattdessen fühlte sich alles ganz natürlich an. Seine Lippen auf ihren, seine Zunge, die mit ihrer tanzte, ihre

Finger, die bewundernd über seine festen Muskeln strichen und vorsichtig seinen Körper erkundeten, seine Hände, die ihre Brüste umschlossen, um dann langsam zu ihrer pulsierenden Mitte zu wandern.

»Oh Val … ich kann nicht mehr warten.«

»Ich will«, bekräftigte sie nochmal und spreizte instinktiv die Beine.

Ohne den Blick von ihr zu nehmen, schob er sich zwischen ihre Schenkel. Um nichts auf der Welt hätte Valentina dies hier mit einem anderen Mann erleben wollen. Sie küsste ihn, bog sich ihm entgegen, wollte ihm endlich ganz gehören – und dann schien er ein glühendes Schwert mitten in ihren Körper zu stoßen.

Valentina schrie.

***

Valentina schrie – vor Schmerz. Natürlich tat sie das, schließlich hatte er ganz deutlich die Barriere gespürt, die er mit einem heftigen, unsensiblen Stoß durchbrochen hatte. Einen Moment lang waren sie beide wie erstarrt, ehe Valentina mit unnatürlich weit aufgerissenen Augen nach Luft schnappte. Er stützte sich auf seine Ellenbogen und wollte sich schon vorsichtig zurückziehen, doch als ahne sie, was er vorhatte, schlang sie ihre Beine um seine Hüften und verhinderte so sein Vorhaben.

»Es ist gut«, sagte sie atemlos.

Nein, war es nicht!

»Bitte, geh nicht weg.«

Es fühlte sich nicht richtig an, aber er würde einen Teufel tun, und ihr in so einem Augenblick einen Wunsch abschlagen. Er würde sich nicht von der Stelle rühren, solange sie ihn in sich haben wollte.

Sanft und tröstend begann er sie zu streicheln und zu küssen. Vermutlich sollte er auch etwas sagen, doch beim besten Willen wollten ihm keine passenden Worte einfallen. Also bemühte er sich, durch liebevolle Zärtlichkeiten auszudrücken, was er fühlte. Und tatsächlich schien es ihr bald besser zu gehen, denn Valentina begann, seine Küsse zu erwidern, und erweckte damit erneut seine Leidenschaft.

Wenigstens hatte ihm die Erkenntnis, dass er ihr erster Mann war, die Selbstbeherrschung zurückgebracht, die er zuvor so schmerzlich vermissen ließ. Langsam und vorsichtig bewegte er sich wieder. Keine Sekunde ließ er Valentina dabei aus den Augen, beobachtete, wie sie sich ihm immer mehr öffnete, sich fallen ließ, um sich ihm ganz hinzugeben.

Nur noch sie beide existierten. Seine Bewegungen wurden schneller, fordernder. Doch erst als er spürte, wie sie ein lustvoller Schauer packte, gab er jede Zurückhaltung auf und ließ sich von seiner eigenen Lust fortreißen.

Maximilians Arm wurde langsam aber sicher ganz taub, aber er dachte gar nicht daran, seine Position zu verändern, war er doch heilfroh, dass sie so friedlich in seinen Armen eingeschlafen war.

Jungfrau! Valentina war noch Jungfrau gewesen.

Wenn er das doch nur geahnt hätte! Er hätte viel zärtlicher, viel vorsichtiger mit ihr umgehen müssen. Den Rest der Nacht hatte er alles darangesetzt, um diesen Fauxpas wiedergutzumachen. Sie hatte ihn mit einer rückhaltlosen Leidenschaft belohnt, von der er gar nicht zu träumen gewagt hatte.

Ob es daran lag, dass sie noch unberührt gewesen war, dass Valentina Gefühle in ihm auslöste, die noch keine Frau in ihm geweckt hatte? Oder reagierte er deshalb so verwirrend auf sie, weil das Bild, das er sich von ihr gemacht hatte, nun wie ein Kartenhaus in sich zusammenfiel?

Da hatte er sich so schön zusammengereimt, dass sie ihn hereingelegt hatte, weil sie in Wahrheit mit einem anderen Mann zusammen war, und deshalb nie vorgehabt hatte, mit ihm zu schlafen. Aber was, wenn sie sich einfach nur vor ihrem ›ersten Mal‹ gefürchtet hatte, und deshalb so zurückhaltend auf seine Annäherungsversuche reagiert hatte? Das erklärte allerdings nicht, weshalb sie sich an dieser Intrige beteiligt hatte, die ihm ein sehr gutes Geschäft vermasselt hatte. Wenn Sie nicht mitgespielt hatte, um ihrem Freund einen Gefallen zu tun, warum dann? Geldsorgen? Oder war sie irgendwie in die Sache hineingeraten und hatte dann nicht mehr gewusst, wie sie wieder rauskam?

Natürlich hätte sie mit ihm reden sollen, gemeinsam hätten sie doch eine Lösung gefunden! Aber sie hatte ihm wohl nicht vertraut. Lag es an ihm? Hatte er sich ihr Vertrauen nicht verdient, indem er sich wochenlang in Zurückhaltung geübt hatte? Oder liebte sie ihn einfach nicht genug?

Sanft strich Maximilian Valentina eine verschwitzte Haar-strähne aus dem Gesicht und beobachtete einen Moment lang ihren ruhigen Schlaf. Sie hatte ihm ihre Jungfräulichkeit geschenkt, und noch viel mehr. Das musste doch etwas zu bedeuten haben! Er weigerte sich schlicht, zu glauben, dass sie das getan hatte, weil er sie dafür bezahlte, oder wegen dieser alten Geschichte mit ihrem Bruder. Er wünschte sich so sehr, dass es mehr war! Auch wenn das bedeuten könnte, dass er sich nicht nur letzte Nacht wie ein plumper Trampel benommen hatte. Aber sie war ja jetzt hier, bei ihm, in seinen Armen. Und das Chalet war noch für einen weiteren Tag und noch eine Nacht gebucht. Das bedeutete, sie hatten alle Zeit der Welt, um zu reden.

Auch vor drei Jahren hatte er schon mit ihr reden wollen, na ja, eigentlich hatte er sie eher zur Rede stellen wollen. Doch sie hatte ihn abblitzen lassen. Morgen würden sie es beide besser machen. Wenn sie ihm diesmal die Wahrheit sagte, würde er ihr alles verzeihen. Und dann darauf hoffen, dass auch sie ihm die Chance gab, ihr zu zeigen, dass er auch ganz anderes sein konnte, als er sich die letzten Tage gezeigt hatte – der liebevolle Partner, den sie verdiente. Ja, vielleicht konnten sie einfach nochmal ganz neu anfangen!

Ein heller Streifen zeigte sich bereits am Horizont, und endlich fielen Maximilian die Augen zu.

TAUSCHHANDEL

Es dauerte eine Weile, bis die Sonne in voller Größe über die umliegenden Berggipfel strahlte, doch als es so weit war, wurde sie von einem lauten Fanfarenstoß begrüßt. Hierbei handelte es sich allerdings nicht um ein seltsames Ritual der Einheimischen, sondern um Maximilians Handy, das mit seinem nervigen Klingelton sowohl ihn als auch Valentina aus dem Schlaf riss.

Sie brauchten einen Moment, um ihre ineinander verschlungenen Arme und Beine zu sortieren, doch der Anrufer schien so schnell nicht aufgeben zu wollen. Maximilian sah sich genötigt, das Bett zu verlassen und seine Hose mitsamt dem Smartphone zu suchen. Verflucht, wer erlaubte es sich eigentlich, ihn am Sonntagmorgen um diese Uhrzeit zu stören? Das war sein privates Handy, also blieben eigentlich nur Elisabetta, Pierre oder Günter. Er hoffte für den Anrufer, dass dieser wirklich einen verdammt guten Grund hatte, ansonsten konnte derjenige sich schonmal auf eine gehörige Standpauke gefasst machen!

Ein kurzer Blick auf das Display zeigte ihm allerdings, dass es sich um eine unbekannte Nummer handelte – eigentlich ein Ding der Unmöglichkeit – aber das veranlasste ihn zumindest, sich anstatt mit einer Schimpftirade einfach nur mit »Wolff« zu melden.

»Ah, Signore Wolff! Nicht ganz einfach, Sie zu erreichen, eh? Was bin ich froh, dass ich Sie gefunden habe.«

Ein Italiener? Zumindest hatte der Anrufer einen entsprechenden Akzent. Ganz sicher war das niemand, dem er seine private Nummer gegeben hatte. Obwohl derjenige zu glauben schien, Maximilian wisse, mit wem er es zu tun habe. Nun, das wusste er nicht.

»Mit wem spreche ich bitte?«, fragte er kühl.

»Oh, Verzeihung. Bisher hatte ich ja nur das Vergnügen, mit Ihrer reizenden Frau zu verhandeln. Bernardo Lando, sehr erfreut!«

Maximilians Blick irrte automatisch zu Valentina, die gerade ins Bad huschte. Aber natürlich konnte der Italiener nur Elisabetta meinen. *Lando* – der Name kam ihm irgendwie bekannt vor. Konnte das ein Kunde ihrer Galerie sein? Aber dann müsste er sich doch an ein Gesicht erinnern. Auch der italienische Akzent sagte ihm gar nichts, wahrscheinlich hatte Elisabetta den Mann einfach mal in einem Nebensatz erwähnt.

»Dann sollten wir es dabei belassen und Sie wenden sich am besten direkt an Elisabetta«, schlug er vor, da er ungern zugeben wollte, dass er keine Ahnung hatte, um was es überhaupt ging.

»Oh, Elisabetta ist wirklich ganz reizend und eine kluge Verhandlungspartnerin obendrein. Aber es geht um einen Haufen Geld, nicht wahr, Signore Wolff? Nennen Sie mich ruhig altmodisch, aber Sie sind ja der Besitzer der Galerie und da würde ich das Geschäft dann doch lieber mit Ihnen und nicht mit Ihrer Frau zu einem Abschluss bringen. Außerdem möchte ich unbedingt dem Mann die Hand schütteln, der es geschafft hat, gleich drei Bilder von Gustav Klimt für mich zu organisieren – keine Sorge, das bleibt auch Ihr Geheimnis, wie Sie es geschafft haben, die in die Finger zu bekommen!«

Der Italiener lachte meckernd, doch Maximilian wurde übel. Was zum Teufel ging da in seiner Galerie vor? Drei Gemälde von Gustav Klimt – *unmöglich!* Signore Lando sprach derweil leutselig weiter:

»*Meiner* Frau würde ich eine solche Summe jedenfalls nicht einfach so in die Hand drücken – und es ist ja auch nicht ganz ungefährlich, das schwache Geschlecht mit so einem Batzen Geld herumlaufen zu lassen, nicht wahr? Ich kann mir nicht vorstellen, dass das in Ihrem Sinne wäre.«

»Natürlich, da haben Sie ganz recht«, stimmte Maximilian vorsichtshalber zu. Er musste Zeit gewinnen!

»Dann kann ich mich also darauf verlassen, dass Sie in zwei Stunden ebenfalls da sein werden?« Die Freundlichkeit war mit einem Mal aus Signore Landos Stimme verschwunden, und er klang nun wie ein Mann, der gewohnt war, zu bekommen, was er wollte. »Es würde recht unangenehm werden, wenn ich noch ein weiteres Mal dort hinkommen müsste.«

Für Signore Lando oder für Elisabetta?, fragte Maximilian sich. Die Drohung war jedenfalls unverkennbar, aber wenn er in zwei Stunden bereits in Starnberg sein sollte, würde er diesem Italiener völlig unvorbereitet gegenüberstehen. Außerdem war da ja noch Valentina, und er dachte gar nicht daran, sie mitzunehmen und sie so womöglich in … was auch immer da überhaupt los war, hineinzuziehen. Einen Mann, dem es gelungen war, das gut gehütete Geheimnis seiner privaten Handynummer zu lüften, durfte er auf jeden Fall nicht unterschätzen.

»Ich muss mich aufrichtig für die Unannehmlichkeiten entschuldigen, Signore Lando«, sagte er also höflich, geradezu unterwürfig. »Aber ich bin derzeit nicht in Starnberg und ich werde es in der Kürze der Zeit auch nicht dorthin schaffen. Was halten Sie von heute Nachmittag, sagen wir, 16:00 Uhr?«

Maximilian hielt den Atem an, während der Italiener verärgert ins Telefon schnaubte.

»Sie sollten den Bogen nicht überspannen. Ich werde um Punkt 15:00 Uhr da sein und erwarte, dass Sie mir die Bilder persönlich überreichen. Versuchen Sie lieber nicht, mich weiter hinzuhalten, das wird Ihnen nicht gut bekommen.«

»Ich weiß Ihr Entgegenkommen wirklich sehr zu schätzen«, schleimte Maximilian scheinbar unbeeindruckt weiter.

»Das sollten Sie auch. Ich bin kein Mann, den man gerne zum Feind haben möchte, jedenfalls, solange einem etwas an seiner eigenen Unversehrtheit liegt«, drohte Lando nun unverhohlen und dabei doch so selbstverständlich, dass Maximilian keinen Augenblick daran zweifelte, dass er es ernst meinte.

»Bitte …«, begann er, doch sein Gesprächspartner hatte bereits aufgelegt.

Genau in diesem Moment kam Valentina aus dem Bad – nackt und wunderschön. Maximilian schluckte hart.

»Es tut mir so leid – aber es gibt da einen Notfall in der Galerie, ich muss sofort zurück.«

Sie nickte sofort, doch ihr flackernder Blick verriet ihm, dass sie sich schon fragte, was für ein Notfall wohl an einem Sonntagmorgen in einer Galerie auftreten könnte.

Verdammte Scheiße, das hätte er auch nur allzu gern gewusst!

***

Elisabetta hörte die Musik bereits, als sie ihr Auto verließ und auf Aarons altes Bauernhaus zuging. Lautstark trällernd fragte Meghan Trainor, ob jemand den Verstand verloren habe. Aarons Musikgeschmack schien sich im Vergleich zu ihrem letzten Besuch radikal geändert zu haben.

Wenigstens blieb es ihr diesmal erspart, in dem ekligen Zinkeimer nach dem Schlüssel zu fischen, die Haustür war nur angelehnt. Elisabetta nahm das als gutes Zeichen, eine Einschätzung, die sie sofort revidierte, als sie das Atelier betrat. Wieder fläzte Aaron in seinem Ohrensessel herum, den Blick verzückt an die Decke gerichtet. Doch diesmal lag es nicht am Alkohol oder an irgendwelchen Drogen, dass er ziemlich weggetreten war, sondern eindeutig an dem Mädel mit der wallenden blonden Mähne, die zwischen seinen Beinen kniete. Sie bewegte ihren Kopf vor und zurück, was eigentlich nur einen Schluss zuließ, was sie da tat.

»Ah, Elisabetta!« Aaron hatte sie entdeckt. »Willst du mitmachen?«, lud er sie keuchend ein.

Wegen der lauten Musik war sie sich nicht sicher, ob sie ihn richtig verstanden hatte. Allerdings hörte sie ganz deutlich, wie er die Blonde nun stöhnend anfeuerte:

»Sehr gut Baby, steck ihn dir in den Hals! Zeig mir, was du kannst!«

Das tat sie offenbar, denn der Maler krallte seine Hände in ihre Mähne, warf den Kopf zurück und stieß einen tiefen Schrei aus, keuchte und ächzte, ehe er auf dem Sessel zusammensackte und schwer atmend liegen blieb. Fast zeitgleich jaulte die Musik noch einmal auf, um dann abrupt zu verstummen.

Die Blonde nutzte die Gunst der Stunde, um den Kopf zu drehen und Elisabetta einen mörderischen Blick zuzuwerfen. Die stand immer noch am anderen Ende des Ateliers, unfähig, sich zu rühren. Aaron hingegen schien langsam wieder zu sich zu kommen.

»Mann, war das geil! Na, Lust auf einen Dreier, Mädels? Das ist übrigens Isabella – meine Schülerin – und meine Muse!«

Er zog das Mädel auf seinen Schoß, zwängte seine Zunge in ihren Mund und fasste ihr zwischen die Beine.

Elisabetta fühlte sich, als hätte sie eine kalte Dusche erhalten. *Die* sollte seine Muse sein?!

Schon als Kind war ihr klar gewesen, dass sie eines Tages die Frau an der Seite eines berühmten Mannes sein wollte. Eines Mannes, den allein sie, Elisabetta, zu Höchstleistungen inspirierte. Und nachdem sie durch einen Onkel ein wenig in die Welt der Kunst hineingeschnuppert und sich schließlich für ein kunsthistorisches Studium entscheiden hatte, war ihr klar gewesen, dass der Mann an ihrer Seite ein Künstler sein würde.

Als sie dann Maximilian traf, war ihr das wie ein Wink des Schicksals vorgekommen. Der Galerist würde sie schon mit einem vielversprechenden Maler oder Bildhauer bekannt machen! Dass sie Maximilian nur ausnutzte, störte sie nicht – schließlich bekam er ja eine günstige Arbeitskraft und dazu noch eine Frau, die willig die Beine breit machte, wenn er gerade keine andere fand, das war doch auch nicht so schlecht, oder?

Doch leider erfüllte ihr Ehemann seinen Part mehr schlecht als recht, schließlich war er ständig unterwegs. Aber dann hatte sie Aaron kennengelernt. Geglaubt, dass sie in ihm gefunden hatte, was sie schon so lange gesucht hatte.

Fehlanzeige.

Das wurde ihr nun klar.

Aaron liebte sie nicht, und er würde sie auch nie lieben.

»Ich bin so froh, dass so ein bedeutender Künstler mein Mentor ist«, piepste die Kleine atemlos, als der Maler ihren Mund endlich wieder freigab.

Du lieber Himmel, war die überhaupt schon volljährig? Na, was sie hier lernen würde, hatte Elisabetta ja gesehen. War das alles widerlich!

»Tut mir leid, ich muss gleich wieder weg«, sagte sie möglichst gelassen und nährte sich dem Pärchen.

»Ach, komm schon«, meinte Aaron leutselig. »So viel Zeit muss sein. Ich wette, ich kann dich im Nullkommanix zum Schreien bringen!«

»Der Kunde wartet«, meinte Elisabetta bedauernd. Nach allem, was passiert war, würde sie sich das Geschäft jetzt nicht auch noch verderben lassen. »Mit einem Koffer voller Geld. Hinterher ist immer noch genug Zeit zum Feiern.«

Die Erwähnung des Geldes brachte Aaron sofort auf andere Gedanken. Er schubste Isabella von seinem Schoß und trat vor Elisabetta.

»Du kommst mit der Kohle sofort wieder her, klar?«, befahl er. »Keine Tricks!«

Er packe sie mit einer Hand am Nacken, riss sie an sich und saugte sich mit seinem Mund an ihrem Hals fest.

Sie ließ es geschehen, ging sogar so weit, ihr Becken ein wenig an seiner Hüfte kreisen zu lassen. Ganz so, als hätte sie das Schauspiel von eben erregt und nicht komplett abgestoßen.

Derweil rasten ihre Gedanken. Keine Tricks?! Wieso eigentlich nicht? Aus welchem Grund sollte sich mit ihrer Provision zufriedengeben? Das war ihr nicht genug! Und Aaron würde seinen Anteil ja nur mit diesem Flittchen verjubeln. Vor allem konnte er sie ja schlecht anzeigen, wenn sie mit seinen Fälschungen abhaute. Da sie offenbar von dieser grässlichen Obsession für den Maler geheilt war, eröffneten sich mit einem Mal ganz neue Möglichkeiten. Jetzt durfte sie bloß keinen Fehler machen.

»Ich kann es kaum erwarten, wieder hier zu sein«, hauchte sie also und klimperte mit den Wimpern.

Aaron gab sie wieder frei. »Okay«, knurrte er.

Elisabetta plapperte etwas davon, dass sie den Kunden leider nicht in ihrer Galerie treffen könne, weshalb es wohl ein wenig dauern würde, bis sie wieder da war – eine glatte Lüge. Ihr Kopf arbeitete derweil längst auf Hochtouren. Warum sollte sie nicht einfach an der Idee festhalten, nach Südafrika zu gehen? Sie musste es nur schaffen, Aaron aus dem Weg zu gehen, bis sie ihr Vorhaben in die Tat umsetzen konnte. Dann hätte er keine Chance mehr, sie aufzuspüren – denn wenn ihr Plan dazu taugte, einen Mann mit den besten Verbindungen zur italienischen Mafia abzuhängen, dann sicher auch dazu, einen zugedröhnten Maler loszuwerden.

In Südafrika wäre sie dann eine reiche Frau. Dort würde sie keine mitleidigen Blicke ernten, weil ihr Ehemann mal wieder eine Affäre hatte oder monatelang verreist war. Dort würde sie auch keine abartigen Wünsche eines vermeintlichen Genies erfüllen müssen – dort würden *ihr* die Männer zu Füßen liegen!

Elisabetta begann damit, die Bilder unter Aarons misstrauischen Blicken nach draußen zu tragen, während das Blondchen sich wieder eng an ihn schmiegte.

»Uns wird schon was einfallen, wie wir uns die Zeit vertrieben, oder, großer Meister?«, kicherte sie. »Ich habe dir auch ein Geschenk mitgebracht.«

Elisabetta verdrehte heimlich die Augen, als sie sah, wie Isabella zwei Pillen in Aarons Mund schob. Vielleicht war die Kleine doch nicht so doof, wie sie aussah. Entweder hatte sie in weiser Voraussicht ein paar Potenzpillen eingepackt, damit Aaron es ihr ordentlich besorgen konnte – oder sie sorgte gerade dafür, dass er gar nicht mehr daran dachte, es ihr zu besorgen.

Die Wirkung war allerdings verblüffend. Aaron riss die Augen weit auf, schnaufte wild durch die Nase und erinnerte Elisabetta damit an einen wilden Stier. Sein Blick fiel auf Isabella.

»Zieh dich aus!«, schrie er. »Sofort! Ich will ficken!«

»Dazu musst du mich aber erst erwischen«, quietschte sie unbeeindruckt und rannte kichernd aus dem Atelier.

Aaron riss seinen Gürtel aus den Schlaufen und ließ ihn einmal durch die Luft zischen.

»Das wirst du bereuen«, brüllte er und stapfte angriffslustig aus dem Atelier.

Kopfschüttelnd lud Elisabetta das letzte Bild in ihren Wagen. Sah ganz so aus, als hätte sie alle Zeit der Welt, um das Geschäft in Ruhe über die Bühne zu bringen!

***

Mit Bedauern dachte Valentina an die Töpfe mit dem wohlriechenden Inhalt, die sie in dem Chalet zurückgelassen hatten, biss in eine schon recht trockene Brezel und bemühte sich dabei, den Porsche nicht vollzukrümmeln. Dann irrte ihr Blick zu Maximilian, der den Blick konzentriert auf die Straße gerichtet hatte – bei dem Tempo, mit dem er den Wagen über die Autobahn jagte, sicher nicht das verkehrteste. Dennoch verrieten ihr sein angespannter Kiefer und die Heftigkeit, mit der er das Lenkrad umklammert hielt, dass ihn weit mehr beschäftigte als die Herausforderung, auf der rasanten Fahrt nach München keinen Unfall zu bauen.

Ausgerechnet nach dieser wunderbaren Nacht schien irgendetwas mächtig schiefgelaufen zu sein, etwas, über das er mit ihr nicht sprechen wollte. Überhaupt hatten sie in der Hast ihres Aufbruchs kaum miteinander gesprochen. Dabei hatte sie sich so fest vorgenommen, heute ganz in Ruhe mit ihm zu reden. Vor dieser Nacht hatte sie ja gehofft, dass er im Sog der Leidenschaft vielleicht gar nicht merken würde, dass er es mit einer Jungfrau zu tun hatte. Nachdem daraus nichts geworden war, wollte sie ihm unbedingt sagen, dass sie nicht wegen des Geldes mit ihm geschlafen hatte. Auch nicht, um die Mappe in die Finger zu bekommen, die er ihr gezeigt hatte. Sondern weil sie ihn immer noch liebte. Trotz allem.

Nach wie vor eine ziemlich aussichtslose Liebe, wie es ihr an diesem Morgen erschien. Nachdem sie sich so nahe gewesen waren – war das wirklich erst ein paar Stunden her? – schloss er sie nun völlig aus. War es das vielleicht schon gewesen? Er hatte bekommen, was er wollte und ging nun wieder seiner Wege?! Der Mann, mit dem sie in der letzten Nacht eine solche Intimität geteilt hatte?

Je länger das Schweigen zwischen ihnen andauerte, desto sicherer war Valentina sich, dass er sie einfach nur noch loswerden wollte. Verachtete er sie, weil sie sich ihm hingegeben hatte? Oder war seine Freundlichkeit nur gespielt gewesen, um sie herumzubekommen?

Sie war überrascht, als sie feststellte, dass er sie zurück zu seinem Apartment brachte – so fest war sie inzwischen davon überzeugt gewesen, dass er sie vor ihrer WG absetzen und sie nie wieder etwas von ihm hören würde.

»Es tut mir so leid, Valentina«, sagte er, nachdem er vor dem Hochhaus angehalten hatte. »Ich werde versuchen, heute Abend wieder herzukommen. Bitte warte auf mich! Ich hoffe, ich kann dir dann alles erklären.«

Das war ziemlich vage, aber sie klammerte sich in diesem Moment an die Hoffnung, dass sich später tatsächlich alles aufklären würde und sie sich die Ängste, die sie auf der Fahrt hierher gequält hatten, nur ein Produkt ihrer Fantasie waren.

»Ist schon gut«, sagte sie also sanft. »Bis später.«

Er hauchte ihr noch einen Kuss auf die Wange, dann stand sie auch schon auf dem Bürgersteig und sah dem Porsche hinterher, der viel zu schnell davonbrauste.

***

Valentina war wirklich unglaublich! Wie hatte er diese Frau nur verdient? Oh, er würde alles wiedergutmachen – doch zuerst musste er klären, was Elisabetta da angerichtet hatte. Je länger Maximilian über diese Geschichte nachdachte, desto unheimlicher wurde sie ihm. Das war kein Missverständnis und auch kein ulkiger Scherz, bei dem man mit einem fingierten Anruf irgendwo hingelockt wurde und dann waren alle Freunde da und brüllten »Überraschung!« und »Alles Gute zum Geburtstag!«.

Nein, da meinte es jemand verdammt ernst. Jemand, der verflucht unangenehm werden konnte, wenn seine Erwartungen nicht erfüllt wurden.

Die einzige, die dieses Rätsel aufklären könnte, war Elisabetta. Er hatte nicht mit seiner Frau telefonieren wollen, als Valentina noch neben ihm saß, aber nun schaltete er seine Freisprechanlage ein und versuchte, sie auf ihrem Handy, in der Galerie oder zu Hause zu erreichen. Das hatte er schon vom Chalet aus probiert, doch erneut hatte er keinen Erfolg.

Noch nie war ihm die Fahrt nach Starnberg so lang vorgekommen. Halb München schien es an diesem schönen Tag in die Natur hinauszuziehen, was bedeutete, dass auf sämtlichen Ausfallstraßen kaum ein Durchkommen war.

Eine gefühlte Ewigkeit später lenkte Maximilian seinen Wagen endlich in seine Einfahrt. Er sprang aus dem Porsche und brüllte sofort nach seiner Frau.

»Elisabetta? Wo zum Teufel steckst du?«

Er rannte in die Galerie, da war sie nicht, er sprintete hinüber ins Wohnhaus, doch auch das war leer. Ein Blick in die Garage bestätigte ihm, was er schon befürchtet hatte: Ihr Wagen fehlte, seine Frau war verschwunden.

Nicht ganz unverständlich, wenn man einen Italiener an der Backe hatte, der offenbar keinen Spaß verstand und in Kürze hier auftauchen und drei Gemälde einfordern würde, die man nicht liefern konnte. Aber was hatte sie sich bloß dabei gedacht?

Er ging zurück in die Galerie in der Hoffnung, dort irgendwelche Hinweise zu finden. Wie immer waren dort einige Werke eines talentierte Nachwuchskünstlers ausgestellt, derzeit eine sehr verstörende Serie eines ausländischen Malers, der aus einem Bürgerkriegsgebiet geflohen war. Doch wie es schien, hatte sich trotzdem ein Käufer gefunden, denn drei Gemälde lehnten bereits verpackt an einer Wand.

Maximilian trat an Elisabettas Schreibtisch, doch weder die dort herumliegenden Papiere noch der Laptop verrieten ihm irgendetwas über ein Geschäft mit einem Signore Lando. Er stützte den Kopf in die Hände. *Er hatte nichts!* Dummerweise hatte Signore Lando nicht gerade wie jemand geklungen, der sich gerne zum Narren halten ließ. Was zum Teufel sollte er also tun, wenn der Italiener am Nachmittag hier erschien und seine drei Bilder abholen wollte?

Moment mal – Maximilian stutzte. *Drei Bilder?!*

Wie von der Tarantel gestochen sprang er auf, rannte zu den an der Wand lehnenden Gemälden und riss das Packpapier und die Schutzfolie vom ersten ab – und starrte auf den ›Bauerngarten‹ von Gustav Klimt.

Perplex musterte er das Werk. Elisabetta konnte dieses Bild nicht gekauft haben, das sprengte nicht nur jenes Budget, über das sie allein verfügen konnte, sondern überschritt auch bei weitem die Finanzierungsmöglichkeiten der gesamten Galerie. Eine Fälschung also, dachte er.

Auf den ersten Blick konnte Maximilian keine derartigen Anzeichen ausmachen, aber es war ja nicht das erste Mal, dass er rasch eine Echtheitsüberprüfung durchführen musste. Vorsichtig trug er das Bild in eine kleine Kammer ohne Fenster, holte seine UV-Lampe und seine Schutzbrille, schloss die Türe hinter sich und betrachtete das Gemälde im UV-Licht.

Er hatte auf ein unzweifelhaftes Ergebnis gehofft, doch die fluoreszierende Fläche ließ leider keine eindeutigen Schlüsse zu. Verärgert trug Maximilian das Bild zurück in die Galerie. Für eine chemische Untersuchung fehlte ihm die Zeit. Verdammt!

Andererseits – wenn das der echte Klimt war, dann stand irgendwo auf der Welt ein Sammler ohne sein Bild da. Maximilian griff nach dem Telefon und wählte die Nummer seines Freundes und Privatdetektivs Günter Pofalla.

»Ich weiß, es ist Sonntag und du bist immer noch stinksauer auf mich, weil ich dich gezwungen habe, diesen fingierten Anruf bei Valentina zu machen – aber ich stecke in einer verdammten Klemme«, sagte er anstelle einer Begrüßung. »Ich brauche deine Hilfe.«

***

Zwei Stunden später klingelte endlich das Telefon.

»Das Bild wurde nach Asien verkauft.« Günter hielt sich ebenfalls nicht mit einleitenden Worten auf. »Ein Internetmilliardär, mehr kann ich dir beim besten Willen nicht sagen, sonst redet mein Informant nie wieder ein Wort mit mir. Aber nach allem, was ich in Erfahrung bringen konnte, ist Fort Knox ein Scheißdreck gegen den Ort, an dem das Bild sich befindet. Man sagt sogar, wenn der Käufer nicht gerade seinen Anblick genieße, werde es rund um die Uhr persönlich von einem Sicherheitsdienst bewacht.«

Also konnte Elisabetta da unmöglich rangekommen sein.

»Danke. Du hast echt was gut bei mir«, sagte Maximilian und Pofalla murmelte irgendwas von einer fetten Rechnung, die Maximilians Einschätzung noch ändern könnte.

Doch das war Maximilian im Moment völlig egal. Er war inzwischen auch nicht untätig gewesen und hatte die anderen beiden Bilder ebenfalls ausgepackt und untersucht. Beim letzten war er tatsächlich fündig geworden – eindeutig eine Fälschung. Was natürlich den Schluss zuließ, dass die anderen beiden ebenfalls nicht echt waren. Zumal das zweite Bild ›Allee vor Schloss Kammern‹ unversehrt im Wiener Belvedere hing, wie er inzwischen selbst ermittelt hatte.

Nicht so erfolgreich waren allerdings seine Versuche gewesen, seine Frau zu erreichen. Elisabetta war immer noch wie vom Erdboden verschluckt.

Nun gut. Dann musste er die Sache eben allein durchziehen. Auch wenn er fand, Elisabetta hätte sich ruhig daran beteiligen können, die Suppe auszulöffeln, die sie ihnen da eingebrockt hatte!

Maximilian blickte auf die Uhr – viertel vor drei. Nun ließ sich eh nichts mehr ändern. Er wählte Valentinas Handynummer.

»Maximilian?«, rief sie aufgeregt. »Alles in Ordnung?«

»Nein, leider noch nicht. Ich weiß nicht, wann ich es schaffen werde, zu dir zu kommen.« Maximilian räusperte sich. »Ich würde dir gerne so viel sagen, Valentina, aber ich habe im Augenblick gar keine Zeit dazu.«

Erneut kämpfte er gegen den Frosch in seinem Hals an.

»Ich wollte nur, dass du weißt, das die letzte Nacht die schönste war, die ich je erlebt habe!«

»Maximilian!«

Sie hörte sich panisch an, kein Wunder, seine Worte klangen ja ziemlich dramatisch – so, als rechne er gar nicht damit, dass sie einander je wiedersehen würden. Wobei es durchaus im Bereich des Möglichen lag, dass dies seine Abschiedsworte waren, denn obwohl ihm inzwischen eingefallen war, woher er den Namen ›Lando‹ kannte, war er sich gar nicht sicher, dass er diese Angelegenheit zu einem glücklichen Ende bringen konnte.

»Keine Sorge, heute Abend bin ich bei dir und dann erkläre ich dir alles«, versuchte er, sie dennoch zu beruhigen.

»Okay«, entgegnete Valentina schließlich zögernd.

»Dann … drücke ich dir die Daumen, ja?«

»Das wäre gut. Tut mir leid, ich muss schon wieder Schluss machen.« In diesem Moment bog eine Stretch-Limousine in seine Einfahrt ein, die ihm nur allzu bekannt vorkam.

»Maximilian«, hielt sie ihn zurück. »Die letzte Nacht hat *alles* für mich bedeutet! Ich denke an dich!«

Die Verbindung wurde unterbrochen und Maximilian schloss für einen Moment die Augen. Er würde das hier schaffen – für Valentina. Damit er ihr zeigen konnte, was *sie* ihm bedeutete!

Dann straffte er die Schultern und wandte sich der Eingangstüre zu, die in diesem Augenblick geöffnet wurde.

Sie waren zu dritt. Zuerst kam der exotische Mann herein, den Maximilian schon einmal hinter dem Steuer der Limousine gesehen hatte, in der Hand zwei riesige Aktenkoffer. Dicht hinter ihm erschien ein bulliger Kerl, der ganz offen ein Holster mit einer Waffe darin trug, obwohl er den Eindruck erweckte, als sei er nicht unbedingt auf eine Pistole angewiesen, um seine Begleiter zu verteidigen. Den Abschluss bildete Signore Lando höchstpersönlich. Trotz seines gewaltigen Köperumfanges eilte er flink auf Maximilian zu.

»Signore Wolff! Welche Freude!«, sagte er strahlend. »Ich muss unseren etwas martialischen Auftritt hier entschuldigen – aber es geht immerhin um einen Haufen Geld.«

Der Italiener gefiel sich also wieder in der Rolle als leutseliger Patron. Was wohl leider nicht lange so bleiben würde.

»Die Freude ist ganz auf meiner Seite«, antwortete Maximilian dennoch und deutete sogar eine kleine Verbeugung an, als er die dargebotene Hand schüttelte.

»Aber wo ist denn Ihre bezaubernde Frau?«

»Ich fürchte, mit meiner Terminverschiebung habe ich ihren Zeitplan ein wenig durcheinandergebracht«, entschuldigte Maximilian sich, obwohl er liebend gerne ebenfalls gewusst hätte, wo Elisabetta steckte.

»Wie schade. Aber dann lassen Sie uns doch das übliche Prozedere mit hochprozentigen Getränken und Höflichkeitsfloskeln vergessen und gleich zum Geschäft kommen.«

Lando rieb sich die Hände. »Ich kann es kaum erwarten, die Gemälde zu sehen.«

»Tut mir leid, aber da gibt es ein kleines Problem«, sagte Maximilian möglichst ruhig.

Landos Schweinchenaugen verengten sich.

»Keine blöden Witze, Wolff«, knurrte er. »Ich will meine Bilder, jetzt, sofort.«

»Bedauerlicherweise musste ich heute feststellen, dass es sich bei den Gemälden, die meine Frau Ihnen angeboten hat, um Fälschungen handelt«, erklärte Maximilian.

Lando starrte ihn einen Augenblick an, dann lachte er schallend, ja, er schien sich so über Maximilians Aussage zu amüsieren, dass er sich sogar auf die Schenkel schlug. Nicht ganz die Reaktion, mit der er gerechnet hatte.

»Aber natürlich handelt es sich um Fälschungen, mein Lieber – ach Gottchen, Sie hatten keine Ahnung von dem ganzen Geschäft, oder? Na, wenn das meine Frau wäre, dann hätte die jetzt aber nichts zu lachen.« Lando schüttelte nachdrücklich den Kopf. »Elisabetta war wirklich zu süß, wie sie da mit ihren Expertisen ankam und behauptete, sie hätte die Original-Gemälde. Ich bin doch kein Idiot – aber ich wollte dem Häschen auch nicht den Spaß verderben. Außerdem war mir gleich klar, wenn die Gemälde ebenso professionell gefälscht waren wie die Expertisen, dann war ich auf eine Goldgrube gestoßen! Deshalb war es mir auch so wichtig, dass wir beide uns heute treffen – dieses Geschäft ist doch eine Nummer zu groß für ein Mädel, oder? Aber wo sind denn jetzt meine Bilder?«

»Wir handeln nicht mit Fälschungen«, sagte Maximilian ruhig.

Lando starrte ihn an, als hätte er soeben behauptet, Gustav Klimt sei noch am Leben und käme gleich vorbei.

»Ich muss schon sagen, Sie sind ein mutiger Mann, Maximilian Wolff.«

Eine erdrückende Stille trat ein, während Maximilian und Lando sich mit Blicken maßen.

»Ich bestehe darauf, dass Sie mir die Gemälde aushändigen. Es soll auch Ihr Schaden nicht sein«, brach der Italiener schließlich grimmig das Schweigen, während der Leibwächter sich hinter ihm aufbaute, um den Worten noch mehr Nachdruck zu verleihen.

»Das kann ich nicht tun«, entgegnete Maximilian, und straffte die Schultern.

»Ich warne Sie zum letzten Mal – ich lasse mir nicht auf der Nase herumtanzen. Ich bin nicht wie Ihre üblichen Kunden, diese weichgespülten Lackaffen, die mit hängenden Schultern von dannen ziehen, wenn ein Geschäft platzt. Also, ich zähle jetzt bis drei, und dann haben Sie die Bilder hergeschafft, oder es wird Ihnen verdammt schlecht bekommen. Eins …«

»Es muss doch eine andere Möglichkeit geben, diese Sache aus der Welt zu schaffen«, sagte Maximilian, und hatte Mühe, zumindest nach außen hin gelassen zu bleiben. Er hegte keinen Zweifel daran, dass Lando seine Drohung ernst meinte, obwohl er keine Ahnung hatte, wie weit der Italiener wirklich gehen würde. Die Anwesenheit des Leibwächters, der nun wie zufällig an dem Holster seiner Waffe herumspielte, trug jedenfalls nicht gerade zu seiner Beruhigung bei.

»… Zwei …«

»Nennen Sie mir Ihren Preis, Signore Lando.«

Der Italiener lachte böse auf.

»Wie wäre es mit Elisabettas Kopf – den Rest von ihr könnten Sie dann meinetwegen auch behalten. Spaß beiseite. Geben Sie mir die Bilder, anders kommen Sie hier nicht raus!«

»Ich fürchte, Sie haben mich nicht richtig verstanden. Ich *kann* Ihnen die Fälschungen nicht aushändigen, Signore Lando.«

»Oh nein – sagen Sie nicht, dass Sie so blöd waren, die Gemälde zu zerstören!«

Er nickte nur, während der Italiener mit zornblitzenden Augen und geballter Faust langsam näherkam. Maximilian ahnte, was nun passieren würde und versuchte sich zu wappnen, doch die Wucht des Fausthiebes traf ihn dann doch recht unvermutet. Er taumelte.

»Nenn mir einen Grund, Junge, warum ich dir nicht alle Knochen brechen soll …«

»Vielleicht, weil es meinem Großvater nicht recht wäre, wenn Sie seinen Enkel unter die Erde bringen«, schlug Maximilian zwischen zusammengebissen Zähnen heraus vor und richtete sich langsam wieder auf. Verdammt, seine letzte Schlägerei war Jahre her, er hatte vergessen, wie schmerzhaft so ein Schlag sein konnte. Allerdings konnte er sich damals wenigstens wehren – keine kluge Option, solange ein Mann mit einer Waffe hinter seinem Gegner stand.

»Ha, ha, netter Versuch«, machte der und holte schon erneut aus, doch dann stutzte er. »Moment mal … Wolff … da war doch was …«

»Mein Großvater war Otavio Bianchi«, erklärte Maximilian eilig und unterdrückte ein Stöhnen.

»Der Pizzabäcker mit dieser kleinen Klitsche … richtig, ›Caminata‹ hieß das.«

»Ist lange her«, sagte Maximilian.

»Bhajan«, herrschte Lando den schmächtigen Kerl an, der immer noch stoisch mit den Aktenkoffern in der Hand dastand. »Hol einen Eisbeutel aus dem Wagen!«

Der Chauffeur verschwand, und Lando wandte sich wieder an Maximilian.

»Otavios Tochter, Miranda, hat dann diesen Wolff geheiratet – dass ich da nicht dran gedacht habe!« Mitleidig schüttelte er den Kopf. »Sieht so aus, als hätten Otavios Nachkommen kein besonders gutes Händchen bei der Wahl ihrer Ehepartner.«

»Kann man wohl sagen«, brummelte Maximilian und nahm dankbar den Eisbeutel entgegen, den der Chauffeur ihm reichte. Er wollte lieber nicht wissen, warum so etwas in Landos Limousine vorrätig war.

»Es hat mir sehr leidgetan, als ich hörte, was mit deiner Mutter passiert ist«, meinte der Italiener traurig.

»Vielen Dank, Signore Lando«, sagte Maximilian ernst und hoffte, dass der Selbstmord seiner Mutter nun nicht weiter zum Thema wurde.

»Aber ich bitte dich! Du musst Bernardo zu mir sagen. Mann, Junge, warum hast du denn nicht gleich gesagt, dass du Otavios Enkel bist? Dann hättest du dir ein blaues Auge erspart.«

»Wir haben Ihnen ganz schön viel Ärger gemacht, Bernardo.«

Allzu weit wollte Maximilian es mit der Verbrüderung nicht treiben und blieb beim ›Sie‹, schließlich wusste er nur zu gut, weshalb Großvater und Bernardo sich kannten: Der damals noch sehr junge Lando hatte in München die ersten Schritte als Schutzgeldeintreiber gemacht und war dabei unweigerlich in Otavios Pizzeria gelandet. Dass sein Großvater ein Schlitzohr war und sich recht bald um die Zahlungen drücken konnte, gehörte zu den Familiengeheimnissen, die genau das besser blieben: Geheimnisse.

Lando nickte derweil zufrieden, als fände er es in Wahrheit ganz in Ordnung, dass Maximilian ihm die Gelegenheit gegeben hatte, ein bisschen Dampf abzulassen.

»Du hast die Bilder wirklich zerstört, oder?«, fragte er hoffnungsvoll, doch Maximilian nickte.

»Wir haben einen offenen Kamin im Haupthaus.«

Lando seufzte.

»Was ist nur aus dieser Welt geworden! Ein Mann ehrlicher als der andere!«

Maximilian lachte etwas gequält.

»Vielleicht sollten Sie das nächste Geschäft doch mit einer Frau abschließen, Bernardo.«

»Soweit kommts noch«, schimpfte der Italiener. »Sieht man ja, was dabei rauskommt!«

Maximilian verzichtete lieber auf den Hinweis, dass er die Gemälde ja erhalten hätte, wenn er an dem ursprünglichen Plan festgehalten und nur mit Elisabetta verhandelt hätte.

»Nun, aus alter Verbundenheit gegenüber deinem Großvater, und weil ich Miranda sehr verehrt habe, werde ich nun einfach mein Geld nehmen und wieder gehen«, sagte der Italiener gnädig. »Verlass dich aber lieber nicht darauf, dass ich erneut so großzügig sein werde, sollten wir jemals wieder Geschäfte miteinander machen.«

Maximilian räusperte sich.

»Natürlich. Aber was Elisabettas Kopf angeht …«

Der Italiener sah ihn mit zusammengekniffen Augen an.

»Ich kann mich aber schon darauf verlassen, dass du deine Frau nicht einfach so davonkommen lässt?«

»Selbstverständlich können Sie sich darauf verlassen, Bernardo«, bekräftigte Maximilian.

Auch wenn er davon ausging, dass dessen Vorstellungen sich nicht unbedingt mit den seinen deckten. Ihm schwebte vor, Elisabetta direkt vor die Tür zu setzen, sollte sie jemals wieder hier auftauchen – das würde Lando vermutlich nicht genügen.

Dennoch schien der Italiener sich mit diesem Versprechen zufriedenzugeben.

»Dann hoffe ich, dass wir uns das nächste Mal unter erfreulicheren Umständen wiedersehen.«

Wenn es nach Maximilian ginge, bräuchten sie einander gar nicht wiederzusehen, aber er bekräftigte natürlich, dass es ihm eine Ehre wäre. Dann begleitete er das Trio noch nach draußen und beobachtete mit einem gezwungenen Lächeln deren Abfahrt.

Als die Limousine jedoch endlich außer Sicht war, musste er sich jedoch erstmal auf die Stufen vor der Galerie setzen, so weiche Knie hatte er mit einem Mal bekommen.

Das hätte verdammt schiefgehen können!

***

Von ihrem Versteck zwischen den Bäumen aus beobachtete Elisabetta, wie die Limousine von ihrer gekiesten Auffahrt auf die Straße einbog. Statt die drei Gemälde einzuladen, hatte Signore Lando seine Geldkoffer wieder mitgenommen. War ja klar gewesen, dass Maximilian nicht die Eier in der Hose hatte, um das Geschäft durchzuziehen. Das hatte sie sich gleich gedacht, als sie Landos Nachricht erhielt, dass sie den Termin auf Nachmittag verschieben mussten, weil ihr Mann nicht eher konnte. Zu dumm, dass sie die Gemälde da bereits in der Galerie abgestellt hatte, während sie sich um die falschen Pässe kümmern wollte.

Aber der Italiener hatte sie während der Verhandlungen auch recht unverhohlen bedroht, deshalb war sie ja schon davon ausgegangen, dass er sich an Maximilian rächen würde. So wie sie ihren Mann kannte, hatte der sofort zugegeben, dass es sich um Fälschungen handelte. Sah so aus, als wäre Lando daraufhin nicht mehr an dem Geschäft interessiert gewesen – aber dass er Maximilian einfach so davonkommen ließ, wunderte sie schon ein wenig. Die trauernde Witwe spielen zu können, die keine Ahnung davon hatte, dass ihr Ehemann Geschäfte mit zwielichtigen Gestalten machte, wäre ihr nun gerade recht gekommen.

Wie Maximilian es wohl geschafft hatte, den Kopf aus der Schlinge zu ziehen? Womöglich mit dem Vorschlag, Lando solle sich lieber an ihr, Elisabetta, rächen?!

Auf jeden Fall war es am besten, wenn sie an ihrem Plan festhielt, nach Südafrika zu gehen. In München würde sie ja doch keinen Fuß mehr auf den Boden bekommen. Dummerweise fehlte ihr da jetzt ein bisschen das Startkapital. Denn das fuhr gerade mitsamt diesem fiesen Mafioso in einer Limousine davon! Das Geld, dass sie vorsichtshalber von ihrem gemeinsamen Konto mit Maximilian abgehoben hatte, würde gerade mal für die Tickets und die falschen Pässe reichen.

Aber egal. Sie war auch mit nichts als einem leidlichen Abschluss eines kunsthistorischen Studiums in die bayrische Landeshauptstadt gekommen, hatte es geschafft, den begehrtesten Junggesellen zu ehelichen und sich einen Namen als Geschäftsfrau gemacht. Das würde sie in Südafrika auch hinkriegen. Und bei ihrem nächsten großen Coup würde sie bei der Wahl ihrer Partner ein wenig vorsichtiger sein, dann würde auch nichts schiefgehen!

Ein letztes Mal schaltete Elisabetta ihr Handy an und sah ihre Nachrichten durch. Maximilian hatte ihr gefühlte einhundert Nachrichten geschickt, doch von Aaron war noch nichts gekommen. Der war wohl immer noch anderweitig beschäftigt. Sie machte sich nicht die Mühe, ihrem Ehemann zu antworten, sondern nahm die SIM-Karte aus dem Handy, warf sie auf den Boden und zermalmte sie mit ihrem Pfennigabsatz. Verächtlich beobachtete sie dabei, wie Maximilian, der nach Landos Abgang förmlich auf der Treppe zusammengesunken war, schwankend wieder aufstand und in die Galerie ging. Von diesen Schlappschwänzen in ihrem Leben hatte sie nun endgültig genug. Zeit für einen Neuanfang!

***

Geschafft! Er hatte seinen Hals gerettet und Elisabettas ebenfalls. Auch wenn er so richtig sauer auf seine Frau war, so war er doch froh, dass Lando nicht vorhatte, sich an ihr zu rächen.

Er wählte ein weiteres Mal ihre Handynummer. Statt der Mailbox erhielt er diesmal die Nachricht, dass der gewünschte Teilnehmer nicht zu erreichen sei. Durchaus denkbar, dass Elisabetta ihre Partnerschaft beendete, indem sie einfach verschwand. Nun, das war ihm eigentlich herzlich egal. Sollte sie doch bleiben, wo der Pfeffer wuchs.

Damit seine Frau künftig tatsächlich seinem Leben fernblieb und er nicht etwa eine unangenehme Überraschung erlebte, rief er als erstes einen Schlüsseldienst an und bestellte neue Schlösser für die Villa und die Galerie – sofort.

»Sie wissen aber schon, das heute Sonntag ist?«, fragte der Schlosser. »Nicht, dass ich nachher in so einer Dokumentation vorkomme, wo es immer heißt, alle Schlüsseldienste zocken ihre Kunden ab! Das wird teuer, ist Ihnen das klar?«

Maximilian versicherte dem Mann, dass er bereit war, für die offenbar horrenden Kosten aufzukommen. Immerhin würde er ab jetzt einiges sparen, da er die ausgedehnten Shoppingtouren seiner Noch-Ehefrau nicht mehr finanzieren musste. Das erinnerte ihn aber an etwas anderes, und er rief die Notrufnummer seiner Bank an und ließ Elisabettas Karten und ihren Zugang zum Online-Banking sperren. Eine Maßnahme, die ein wenig zu spät kam, wie er nach einem Blick auf ihr privates Konto feststellen musste. Verflucht, sie hatte sich bereits einiges an Kohle unter den Nagel gerissen, davon würde er wohl keinen Penny wiedersehen. Tja, das musste er dann wohl als Lehrgeld verbuchen.

Verärgert klappte er den Laptop zu, als das Telefon klingelte. Sandra, stellte er mit einem Blick auf das Display fest. Das auch noch.

Liebend gerne hätte er das Bimmeln ignoriert, aber er hatte Sandra vor einiger Zeit seine Hilfe angeboten, und er erinnerte sich daran, dass sie schon mehrmals versucht hatte, ihn zu erreichen. Was, wenn sie ausgerechnet jetzt auf sein Angebot eingehen wollte?

»Hallo Sandra«, meldete er sich also resigniert.

»Maximilian! Ach, endlich. Ich habe mir schon solche Sorgen gemacht! Hat dir deine Frau nicht ausgerichtet, dass ich dich sprechen muss?!«

»Tut mir leid. Worum geht es denn?«

»Das ist eine längere Geschichte … alles hat damit angefangen, dass ich Herrn Meier, du weißt schon, von der Hausverwaltung … also, den habe ich im Treppenhaus getroffen …«

Sandra setzte ihre Erzählung in diesem Stil fort, ohne wirklich zum Punkt zu kommen. Nun, sein Angebot wollte sie scheinbar nicht annehmen – denn das hätte sie ja geradeheraus sagen können.

»… es ist jetzt irgendwie so, dass bei der Bank was schiefgegangen ist, und die Miete schon drei Monate nicht überwiesen wurde …«

»Da ist nicht einfach irgendwas schiefgegangen«, unterbrach Maximilian sie grantig. »Mein werter Vater hat mit dem Geld, das für die Miete gedacht war, irgendeine tolle Investition gemacht, die sich aus unerklärlichen Gründen noch nicht bezahlt gemacht hat, stimmts?«

»Na ja, jetzt droht der Vermieter mit Kündigung …«, fuhr Sandra weinerlich fort. »Axel kann doch nichts dafür, dass er kein Glück mehr hat, seit dein Großvater ihn vor die Türe gesetzt hat!«

Maximilian seufzte. Er hatte ihr die Zusammenhänge schon ein Dutzend Mal erklärt. Sein Vater hatte Gelder veruntreut, Großvater hatte ihn rauswerfen *müssen*. Von der Rolle, die sein Vater bei dem Selbstmord seiner Mutter gespielt hatte, wollte er lieber gar nicht erst anfangen. Er sparte sich die ganze Litanei also diesmal, bei Sandra stieß er damit ja doch nur auf taube Ohren. Er verstand nicht, wieso sie immer noch zu seinem Vater hielt, und das machte sie ihm auch nicht gerade sympathisch. Anderseits tat sie ihm irgendwie leid – er hatte schließlich lange genug mit seinem Erzeuger zusammengelebt, um zu wissen, dass das kein Spaß war.

»Sandra«, sagte er also geduldig. »Ich habe dir beim letzten Mal gesagt, dass ich dir nur noch aus der Patsche helfe, wenn du dich von dem Alten trennst! Ansonsten kannst du mit meiner Hilfe nicht mehr rechnen.«

»Das ist ganz schön gemein, dass du immer versuchst, mich zu einer Trennung zu überreden«, schniefte Sandra.

»Ich denke einfach, dass es das beste für dich wäre. Er wirft doch ständig euer gemeinsames Geld zum Fenster heraus, oder? Und wie hat er denn reagiert, als du dahintergekommen bist, dass die Miete nicht gezahlt wurde, hm?«

»Na ja, das war ein ungünstiger Moment, als ich das angesprochen habe«, sagte sie vage.

Was vermutlich bedeutete, dass nicht nur er, sondern auch Sandra ein blaues Auge hatte.

»Wie auch immer, selbst wenn ich wollte, könnte ich dir gar nicht helfen. Elisabetta ist gerade mit unserem ganzen Geld abgehauen.«

»Oh, das wird Axel aber …«, sie verstummte hastig.

»Ja, das wird Axel freuen«, ergänze Maximilian böse.

»Nein, so meinte ich das doch gar nicht«, sagte sie weinerlich. »Aber Axel meinte, wenn du nun auch eine Familie gründen willst, da wärst du vielleicht nicht mehr so abweisend …«

»Mein werter Vater hat dich zu diesem Anruf angestiftet?! Das wird ja immer besser. Dann kannst du ihm ja jetzt ausrichten, dass bei mir nichts mehr zu holen ist!«

Sandra schniefte.

»Das mit Elisabetta tut mir aufrichtig leid, okay? Ich …
kann ich dich in den nächsten Tagen nochmal anrufen?«

»Du kannst dich dann wieder melden, wenn du dich von
meinem Erzeuger trennen willst, ansonsten helfe ich dir nicht
mehr«, sagte Maximilian böse. »Und er soll es ja nicht wagen,
dich noch einmal vorzuschicken. Wenn er Geld von mir will,
dann erwarte ich, dass er auch die Eier in der Hose hat, mir
das selbst zu sagen.«

»Na ja, er wollte ja …«, begann Sandra, doch Maximilian
legte einfach auf. Genug war genug. Obwohl er schon ahnte,
dass er Sandra schlussendlich doch aus der Patsche helfen
würde, wenn sie mal wieder heulend vor seiner Tür stand.
Vielleicht, weil er vor langer Zeit auch heulend vor der Tür
seines Großvaters gestanden hatte, und heilfroh gewesen
war, dass er ihn nicht weggeschickt hatte? Aber im Augenblick hatte er wirklich anderes zu tun, als sich darüber den
Kopf zu zerbrechen!

TRUGSCHLÜSSE

Dreizehn Schritte hin, dreizehn Schritte zurück.

Valentina konnte einfach nicht ruhig sitzen bleiben. Wie hatte sie nur annehmen können, Maximilian schütze einen Notfall nur vor, um sie möglichst schnell loszuwerden?! Seine Stimme hatte so seltsam geklungen, da musste etwas wirklich Schlimmes passiert sein.

Auch wenn sie nicht die geringste Idee hatte, was das sein könnte. Also blieb ihr nichts anderes übrig, als vor der Fensterfront auf- und abzutigern und zu hoffen, dass Maximilian sich bald melden würde.

Sie zuckte heftig zusammen, als statt dem Telefon plötzlich die Türklingel ertönte. Maximilian würde das ja wohl nicht sein, oder? Zögernd ging Valentina zur Wohnungstür, an die nun von außen auch noch geklopft wurde und spähte vorsichtig durch den Spion. Na sowas! Sie riss die Tür auf.

»Herr Wolff!«

»Valentina!«, entgegnete ihr Besuch, ebenso erstaunt wie sie. »Na, das ist ja eine Überraschung!«

Einen Moment lang standen sie einander unschlüssig gegenüber, dann fragte er:

»Ist Maximilian auch da?«

»Nein, tut mir leid. Aber kommen Sie doch herein, wir müssen doch nicht im Flur stehen.«

Er räusperte sich.

»Na, ich weiß nicht, ob das meinem Sohn so recht wäre.«

Sie lächelte ein wenig gezwungen. Ja, Maximilian wäre das sicher nicht recht. Aber im Augenblick war ihr jede Ablenkung willkommen, die sie daran hinderte, darüber nachzugrübeln, was da in seiner Galerie vor sich ging. Außerdem würde sie Maximilians Vater gerne fragen, ob er sich vor über drei Jahren nicht doch geirrt haben könnte, was diese Frau anging, mit der Maximilian in Rom zusammen gewesen sein sollte, während sie selbst in München auf ihn wartete. Sie wollte die Hoffnung einfach nicht aufgeben, dass sie Maximilian doch etwas bedeutet hatte.

»Aber eine Tasse Kaffee können Sie doch mit mir trinken«, sagte sie also.

»Na gut.«

Immer noch zögernd betrat der ältere Mann das Apartment. Sie hatte schon damals nicht verstanden, wie es zu diesem unversöhnlichen Hass zwischen den beiden Männern gekommen war. Aber vielleicht hatte sich das in den letzten Jahren ja geändert?

Sehr gut sah Axel Wolff jedenfalls nicht aus, er wirkte ziemlich niedergeschlagen und auch sein Anzug hatte definitiv schon bessere Tage gesehen. Valentina warf den Kaffeevollautomaten an.

»Das ist ja eine tolle Aussicht!«, sagte Herr Wolff derweil und starrte aus dem Fenster.

»Sie waren noch nie hier?!«

Er ließ die Schultern sinken.

»Na ja, Sie wissen doch, mein Sohn und ich … weiter als bis zur Tür habe ich es noch nie geschafft.«

Oh je, vielleicht war es doch keine so gute Idee gewesen, ihn hereinzubitten. Mal wieder eine unmögliche Situation, in die sie sich da gebracht hatte. Hoffentlich war Maximilian nicht allzu sauer, wenn er davon erfuhr! Sie trug die Kaffeetassen zu dem kleinen Glastisch.

»Ach, das sieht aber gut aus. Mit so einer netten Bewirtung habe ich wirklich nicht gerechnet.« Herr Wolff seufzte theatralisch. »Eigentlich bin ich ja hergekommen, um mal wieder vor meinem Sohn zu Kreuze kriechen und ihn um Geld anzubetteln. Sie wissen ja, seit der fiesen Intrige meines Schwiegervaters bin ich auf Mildtätigkeiten angewiesen …«

Valentina musste wohl ziemlich betreten dreinschauen, denn er unterbrach sich sofort.

»Aber was rede ich denn da! So eine schöne Frau belästigt man doch nicht mit seinen Sorgen! Sagen Sie – Maximilian und Sie, sind Sie wieder zusammen?«

»Na ja«, meinte Valentina verlegen, da sie ungern zugeben wollte, dass sie keine Ahnung hatte, was das nun war zwischen Maximilian und ihr. »Das ist noch alles ganz frisch. Aber damals …«

Doch weiter kam Valentina nicht.

»Es wundert mich nur ein wenig«, unterbrach Herr Wolff sie sanft. »Wegen Elisabetta. So eine herzensgute Frau. Zu schade, dass Maximilian mir den Kontakt zu ihr verboten hat. Aber ich bin ja leider nicht in der Lage, meinem eigenen Sohn in die Schranken zu weisen! Nun, jedenfalls ist das wirklich eine Heilige. Sie toleriert seine zahlreichen Affären und bietet ihm trotzdem ein liebevolles Heim – vor kurzem hat sie mich heimlich angerufen und mir verraten, dass Maximilian nun nicht mehr so viel reisen und stattdessen eine Familie mit ihr gründen will.«

Herr Wolff strahlte sie unbedarft an.

»Ich werde bald Großvater! Ich hoffe ja, dass es Maximilian ein bisschen milder stimmt, wenn er selbst Vater wird ... aber meine Liebe, was ist denn los, Sie sind ja ganz blass!«

Er stellte seine Kaffeetasse ab und griff nach ihrer Hand.

»Wussten Sie das nicht? Oh Gott, das tut mir ja so leid ... aber nachdem Sie hier sind ...«, er wies mit einer ausladenden Geste auf das Apartment, »und Sie wissen doch, wie Maximilian ist. Jetzt sagen Sie bitte nicht, dass er Ihnen schon wieder die große Liebe vorgespielt hat.«

Valentina schluckte krampfhaft. Natürlich glaubte Herr Wolff, dass sie sich diesmal ganz bewusst auf eine Affäre eingelassen hatte, warum sonst sollte er sie in Maximilians Liebesnest antreffen? Und schließlich hatte er selbst ihr vor Jahren die Augen darüber geöffnet, wie es um Maximilians Treue zu ihr bestellt gewesen war.

Aber sie hatte geglaubt, es sei mehr. Obwohl Maximilian selbst ihr bei ihrem ersten Treffen genau hier in diesem Apartment deutlich zu verstehen gegeben hatte, dass er nicht vorhatte, sich von seiner Frau zu trennen.

Herr Wolff fuhr derweil fort, sich umständlich zu entschuldigen, doch sie hörte gar nicht mehr richtig zu. *Schwanger* dachte sie nur. Was, wenn der Notfall, der dafür gesorgt hatte, dass Maximilian wie von Furien gejagt von

Hohenschwangau zurück nach München gerast war, mit seiner schwangeren Frau zu tun hatte?! Sicher wollte er ihr das schonend beibringen und nicht in der Hast ihres überstürzten Aufbruchs. Hätte es in der Galerie ein Feuer, eine Überschwemmung oder eine sonstige Katastrophe gegeben, hätte er ihr das ja einfach sagen können?!

»Na ja, ich glaube, ich gehe dann lieber wieder.« Herr Wolff stand auf. »Ich werde Maximilian wohl kaum nachsichtig stimmen, wenn ich euer trautes Zusammensein hier störe. Ich komme lieber in ein paar Tagen nochmal vorbei.«

Valentina nickte wie in Trance. Herr Wolff ging wohl davon aus, dass sein Sohn später noch vorbeikäme, um mit ihr zu schlafen – und sich die Affäre in ein paar Tagen dann erledigt hatte.

Irgendwie schaffte sie es zur Tür und nötigte sich ein paar höfliche Abschiedsworte ab, doch kaum war Herr Wolff verschwunden, stolperte sie zum Bett, ließ sich darauf fallen und begann, hemmungslos zu weinen.

***

Maximilian hatte nicht gedacht, dass er derartig lange dauern könnte, zwei Schlösser auszutauschen. Nachdem er die wichtigsten Anrufe erledigt hatte, konnte er sich heute gar nicht für eine langsame, sorgfältige Arbeit begeistern. Aber er wollte auch nicht riskieren, dass Elisabetta in seiner Abwesenheit womöglich die Antiquitäten, die er neben seiner Liebe zur Kunst von seiner Mutter geerbt hatte, aus dem Haus trug. Also wartete er zähneknirschend ab, bis der Schlosser seinen Job erledigt hatte, und machte sich derweil schon mal eine Liste, welche Formalitäten er in den nächsten Tagen noch zu erledigen hatte, nun, da Elisabetta und er wohl als ›getrennt lebend‹ bezeichnet werden mussten.

Endlich bekam er ein Set neue Schlüssel ausgehändigt und steckte die Rechnung, die er ebenfalls erhielt, ungelesen in die Tasche. Er wollte jetzt zu Valentina!

Er überlegte kurz, ob er sie anrufen sollte, entschied sich dann aber dafür, direkt zu ihr zu fahren. Zwar würde er sie so ein wenig länger im Ungewissen lassen, aber für ein Telefongespräch war die ganze Geschichte wirklich zu verworren. Außerdem konnte er es kaum erwarten, sie wieder in seine Arme zu schließen!

Also reihte er sich zum zweiten Mal an diesem Tag in den Ausflugsverkehr ein, der nun wieder nach München hineindrückte, und machte sich auf den Weg nach Schwabing. Endlich erreichte Maximilian das Hochhaus und setzte schon den Blinker, um in die Tiefgarage abzubiegen – um dann spontan eine Vollbremsung hinzulegen.

Das war doch nicht möglich. Er starrte durch die Windschutzscheibe, hoffte, dass die Gestalt sich umdrehen und sein Verdacht sich als Hirngespinst herausstellen würde, doch dann überquerte der Mann, der soeben das Haus verlassen hatte, die Straße und gewährte Maximilian einen guten Blick auf sein Profil. Kein Zweifel, um wen es sich handelte: *Das war sein Vater.*

Oh nein. Nicht schon wieder. Er fühlte sich, als sei er soeben drei Jahre in der Zeit zurückkatapultiert worden. Ein Déjà-vu, auf dass er gut und gerne hätte verzichten können!

Valentina und sein Vater. Vielleicht hatten die beiden ja nichts miteinander, so, wie er sich das vor drei Jahren ausgemalt hatte. Aber irgendwas ging doch da zwischen den beiden vor, was hätte Axel Wolff hier sonst zu suchen gehabt? Die beiden heckten doch schon wieder etwas aus!

Damals war es um einen Picasso gegangen. Schamlos hatte Valentina ihre Beziehung zu ihm ausgenutzt, und prompt hatte ihm sein Vater den lukrativen Deal vermasselt. Heimlich hatte er ja gehofft, dass sein Erzeuger nicht ahnte, dass er viel schlimmer für ihn gewesen war, von Valentinas Verrat zu erfahren, als auf den Gewinn verzichten zu müssen. Aber diese Hoffnung schien vergeblich gewesen zu sein. Valentina hatte immer noch Kontakt zu seinem Vater, sicher hatte sie ihm längst von seiner wiedererwachten Leidenschaft erzählt.

Um was ging es den beiden diesmal? Sollte Valentina seinem Vater helfen, ihm das Geld für die Miete aus dem Kreuz zu leiern? Aber das waren doch eigentlich Peanuts für Axel. Was dann? Waren die beiden womöglich irgendwie in den Deal mit Bernardo Lando verwickelt? Was, wenn Valentina ihn ablenken sollte, während die anderen beiden das krumme Geschäft durchzogen?

Maximilian spürte, wie die aufkommende Wut in seinem Magen brannte. Mit quietschenden Reifen fuhr er wieder an. Er würde Valentina zu Rede stellen, und zwar sofort! Und diesmal würde er keine Ruhe geben, bis sie auspackte!

Ungeduldig trommelte er an die Lifttüren, ging das normalerweise nicht schneller? Endlich erreichte er den zehnten Stock, mit langen Schritten eilte er zu der Tür seines Apartments, rammte den Schlüssel in das Schloss und rief bereits »Valentina!«, bevor er die Tür auch nur einen Spalt geöffnet hatte.

Er wollte hineinstürmen, doch schon kam sie ihm entgegen, und sie sah so furchtbar aus, dass er unwillkürlich einen Schritt zurücktrat und wieder im Hausflur stand. Ihr Haar war zerzaust, ihre Augen verquollen und ihre Nase gerötet. Sie trug immer noch dasselbe Kleid wie gestern, nur dass es inzwischen völlig zerknittert war. Ungeachtet ihres derangierten Zustandes kam sie an die Tür, legte ihre Hände an den Türrahmen und funkelte ihn böse an – ganz so, als sei dies ihre Wohnung und er begehre unberechtigt Einlass.

»Du hast ein blaues Auge«, stellte sie fest.

Das schien sie nicht besonders zu berühren, und nach allem, was er heute durchgemacht hatte, war das wirklich der Tropfen, der das Fass zum Überlaufen brachte.

»Ich habe meinen Vater gesehen«, fuhr er sie an. »Was hatte der hier zu suchen?!«

»Dein Vater ist ein netter Mann. Dass du ihn so scheußlich behandelst, musst du mit dir selbst ausmachen.«

Ha! Wie er es sich gedacht hatte! Sie kannte seinen Vater, gab es endlich zu!

»Du steckst also mit ihm unter einer Decke! Aber was zum Teufel soll das alles?!«

»Wie schon gesagt, ich habe nicht vor, mich in eure Beziehung einzumischen. Mich interessiert etwas ganz anders: Deine Ehefrau Elisabetta und euer gemeinsames Kind.«

Er stutzte. Was für ein Kind? Für einen Augenblick war er so überrascht, dass er vergaß, was er ihr eigentlich als nächstes an den Kopf werfen wollte.

»Du streitest es also nicht ab, dass du von deiner letzten Reise mit der Absicht zurückgekommen bist, eine Familie mit ihr zu gründen?«

Daran hatte er ja tatsächlich mal gedacht. Es kam ihm so vor, als sei das Jahre her.

»Aber woher weißt du … ?«

»Es stimmt also«, sagte sie resigniert.

Doch Maximilian hatte nicht die Absicht, sich vor Valentina für etwas zu rechtfertigen, was längst obsolet geworden war.

»Das ist Blödsinn und geht dich gar nichts an. Ich will, dass du endlich die Wahrheit sagst, was dich und den Alten angeht, sonst …«

»Sonst was?«, fragte sie leise und nahm die Hände vom Türrahmen. »Sonst erzählst du allen von meinem Bruder? Nur zu, lass dich nicht aufhalten! Ein anderes Model für deine Werbekampagne kannst du dir auch gleich suchen.«

Sie schnappte sich ihre Handtasche, die im Flur stand, schob sich an ihm vorbei und marschierte den Hausflur hinunter.

»Bleib gefälligst stehen und rede mit mir«, brüllte er hinter ihr her, und es war ihm völlig egal, dass seine Lautstärke inzwischen sicher ausreichte, um das ganze Haus darüber zu informieren, was hier vorging.

»Wozu?«, entgegnete sie, ohne sich umzudrehen. »Geh zurück zu deiner schwangeren Frau und lass mich einfach in Ruhe!«

Wie kam sie bloß darauf, dass Elisabetta schwanger sein sollte? War Valentina vielleicht verrückt geworden? Aber nein, er würde ihr nicht hinterherrennen – sie sollte gefälligst zurückkommen und endlich die Wahrheit sagen. Doch scheinbar hatte sie längst mit ihm abgeschlossen, was immer da zwischen ihnen gewesen war, schien nichts als eine Illusion zu sein.

»Valentina! Du wirst mich jetzt nicht einfach so hier stehen lassen!«

Doch genau das tat sie. Sie betrat den Aufzug, die Türen schlossen sich hinter ihr und er stand wie ein Trottel vor der weit geöffneten Tür seines Apartments und hatte keine Ahnung, was er nun tun sollte.

***

Valentina weinte schon wieder, als sie das Hochhaus verließ. Wie hatte sie nur annehmen können, es sei Liebe zwischen Maximilian und ihr?

Jetzt wollte sie nur noch weg. Planlos eilte sie durch die Straßen, voller Angst, dass Maximilian ihr folgen und sie erneut anbrüllen könnte. Wieso musste eigentlich immer erst sein Vater auftauchen, damit sie merkte, was für ein falsches Spiel Maximilian mit ihr trieb?

Sein Vater. Früher einmal hatte sie geglaubt, dass Maximilian und sie sich deshalb so verbunden fühlten, weil sie beide Probleme mit einem übermächtigen Elternteil hatten, dessen Erwartungen sie nicht erfüllen konnten. Also erzählte sie Maximilian von ihrer Mutter, die sie schon im Kindesalter von einem Casting zum nächsten geschleppt hatte, und doch immer unzufrieden war, selbst wenn Valentina eine kleine Rolle ergatterte. Maximilian blockte jedoch sofort ab, wenn es um seine Eltern ging, und so hatte sie das Thema ›Familie‹ lieber ruhen lassen und gar nicht erst von ihrem Bruder angefangen.

Ihr kleiner Bruder, der mit seinen Segelohren und Sommersprossen so gar nicht zum Filmstar oder Model taugte, und dem deshalb die erdrückende Aufmerksamkeit seiner Mutter erspart blieb. Was ihm dann allerdings zum Verhängnis wurde. Gerade als Valentina für die Hauptrolle in einem Kinderfilm vorsprechen sollte – was natürlich bedeutete, dass vorweg stundenlange Sitzungen bei einer Kosmetikerin und beim Friseur notwendig waren – verspätete sich der Babysitter für ihren Bruder. Dennoch hatte ihre Mutter darauf beharrt, dass die Termine eingehalten werden mussten – so eine Chance würde ja nicht wiederkommen! Leider hatte ihr Bruder die Zeit genutzt, um ihre Wohnung mit Kerzen zu dekorieren …

Valentina schniefte. Ohne ihre Freundinnen, die sie genötigt hatten, eine Therapie zu machen, hätte sie das Trauma von damals wahrscheinlich immer noch nicht überwunden. Erst dank ihres Therapeuten hatte sie verstanden, dass ihre Abneigung gegen konventionelle Kosmetik ihren Ursprung darin hatte, dass sie bei der Kosmetikerin war, als ihr Bruder die Kerzen anzündete. Und dann hatte sie mit einem ganzen Rudel Welpen vor der Kamera posiert, während ihre Wohnung langsam in Flammen aufging … eigentlich kein Wunder, dass Tiere ihr zuwider waren. Gut, dass ihre Freundinnen immer zu ihr hielten!

Der Gedanke an Freddy und Wanda brachte sie wieder ein wenig zur Besinnung, sie zog ihr Smartphone heraus und wählte die Nummer ihrer WG.

»Ich bin nicht in Italien«, schluchzte sie statt einer Begrüßung, als endlich jemand abnahm.

»Nun mal langsam. *Wo* bist du und *was* ist los?«

Wanda. Eigentlich hatte sie gehofft, erstmal Freddy ihr Leid klagen zu können, die war in der Regel um einiges verständnisvoller als Wanda.

»Keine Ahnung!«, jammerte Valentina und heulte jetzt richtig los.

»Sieh dich mal nach einem Straßenschild um«, schlug Wanda praktisch vor.

»Ich sehe keines. Aber hier ist ein Café … Tante Emmas Bistro heißt das …«

»Sehr gut.« Sie hörte, wie Wanda auf einer Tastatur herumhackte. »Dann setzt du dich jetzt da rein und bestellst dir einen großen Pot heiße Schokolade mit Sahne. Ich bin gleich da.«

»Ist gut«, murmelte Valentina, froh, dass ihr jemand die Entscheidung abnahm, was nun zu tun sei.

Das Café, vor dem sie zufällig gelandet war, erinnerte mit seinem Vintage-Look tatsächlich ein bisschen an einen uralten Tante-Emma-Laden. Man fühlte sich direkt in eine andere Zeit versetzt. Dummerweise erinnerte sie das wieder an die Schlösser König Ludwigs II., in deren Schatten sie so glücklich gewesen war. War das wirklich erst gestern gewesen?

Nur mit äußerster Selbstbeherrschung schaffte sie es, sich eine heiße Schokolade zu ordern, ohne gleich erneut in Tränen auszubrechen. Dann starrte sie stumm in die Tasse und wartete auf Wanda.

Die Freundin platzte nur zehn Minuten später ziemlich verschwitzt herein. Offenbar war sie mit ihrem Fahrrad in einem halsbrecherischen Tempo durch München gerast. Valentina sprang auf und fiel ihr sofort um den Hals – und dann kullerten doch noch ein paar Tränen.

»Na, na«, meinte Wanda und tätschelte ihr ein wenig unbeholfen den Rücken. »Setz dich mal wieder hin. Ich habe mir das eigentlich so gedacht, dass du die Schokolade auch trinkst, hm? Und dann erzählst du mir erstmal, was überhaupt los ist.«

Mit einem gequälten Lächeln nahm Valentina wieder Platz und trank tatsächlich einen Schluck. Dann sagte sie nur ein Wort:

»Maximilian.«

Sofort erschien eine steile Zornesfalte auf Wandas Stirn und sie scheuchte ungnädig die Kellnerin weg, die ihre Bestellung aufnehmen wollte.

»Nee, ich dachte, der sei längst Geschichte – ich hätte dich für schlauer gehalten! Jetzt wein doch nicht gleich! Also, was hat er dir angetan?«

Valentina packte aus, erzählte ihrer Freundin von dem Job und wie Maximilian sie genötigt hatte, ihn anzunehmen. Wie er sich dann plötzlich gewandelt und sich aufrichtig um sie bemüht hatte, und von dem wunderbaren Ausflug nach Hohenschwangau.

»Er hat ein ganzes Chalet für uns gemietet«, erzählte Valentina und merkte, wie sie rot wurde. Verlegen spielte sie mit dem Zuckerstreuer herum und traute sich nicht, Wanda anzusehen.

»Und dann seid ihr in der Kiste gelandet«, mutmaßte die.

Valentina nickte.

»Und danach hat er dich fallenlassen wie eine heiße Kartoffel?«, riet Wanda weiter.

Doch Valentina schüttelte den Kopf.

»Nein, so war das nicht. Erst ist irgendwas passiert …«, erst jetzt fiel ihr auf, dass sie immer noch nicht wusste, was, »… und er musste weg, und dann ist sein Vater aufgetaucht und hat mir erzählt, dass Maximilians Frau schwanger ist und sie jetzt auf heile Familie machen wollen …«, schluchzte Valentina.

»Sein Vater, aha. Und was sagt Maximilian dazu? Hast du mit ihm darüber gesprochen, oder bist du einfach abgehauen?«

Irritiert runzelte Valentina die Stirn.

»Natürlich wollte ich ihn zur Rede stellen! Aber er hat mich nur angebrüllt, weil ich überhaupt mir seinem Vater geredet habe … aber er hat zugegeben, dass es stimmt!«

Oder? So richtig zugegeben hatte er das eigentlich gar nicht. Ach, Wanda machte sie ganz kirre!

»Auf jeden Fall will ich ihn nie, nie, nie wiedersehen«, bekräftigte sie. »Verstehst du das?«

»Ich verstehe vor allem, dass du zusehen solltest, dass du aus dem ganzen Schlamassel wieder rauskommst«, seufzte

Wanda. »Hast du irgendeinen Vertrag unterschrieben, wegen der Werbekampagne?«

Valentina schüttelte den Kopf.

»Gut, dann gibst du ihm als erstes sein Geld zurück – keine Sorge, ich kann dir was leihen – und dann fahren wir zu dem Apartment und holen deine Sachen ab.«

Valentina nickte und war plötzlich heilfroh, dass es Wanda war, die sie erreicht hatte. Mit Hilfe ihrer pragmatischen Freundin würde sie ihr Leben ganz schnell wieder in den Griff bekommen.

»Allerdings finde ich nicht, dass es ein sinnvolles Gespräch ist, wenn man sich in einem Hausflur gegenseitig mit Vorwürfen überhäuft«, mahnte Wanda ernst. »Du solltest dich nochmal mit Maximilian aussprechen, sonst hängt dir die ganze Sache wieder ewig nach.«

Valentina schüttelte heftig den Kopf, um nicht hören zu müssen, wie Wanda weiter eindringlich auf sie einredete. Auf gar keinen Fall würde sie das tun! Ach, vielleicht wäre es doch besser, Freddy wäre hier – die würde sie nicht mit so einem vernünftigen Vortrag quälen, sondern ihr einen Glücksbringer umhängen oder sie mit einem ätherischen Öl beträufeln und behaupten, morgen wäre alles wieder gut.

Was es natürlich nicht sein würde, so oder so.

***

Das war ja mal wieder typisch! Valentina rannte einfach weg und er stand blöd da und hatte immer noch keinen Plan, was sich da eigentlich abspielte. Hatte sich ja gar nichts geändert in den letzten drei Jahren!

Wutschnaubend verließ Maximilian das Apartment wieder. Allein würde er da sicher nicht herumhängen. Ja, vielleicht würde er das Ding sogar ganz abstoßen – er war ja jetzt in jeder Hinsicht ein freier Mann, da konnte er die Frauen, die er so abschleppte, auch mit nach Starnberg nehmen.

Obwohl – nein, das gefiel ihm auch nicht. Die letzten Stunden hatten ihn wirklich gründlich davon kuriert, eine Frau jemals wieder näher an sich heranzulassen, da würde er seine Bettgenossinnen doch nicht in sein Haus lassen. Ein bisschen Spaß war okay, und dann hieß es ›Arrivederci Bella‹, so würde das in Zukunft ablaufen. Wie hatte er nur jemals glauben können, so etwas wie Liebe existiere wirklich?

Er fuhr zurück zu seiner Villa. Dort angekommen hätte er zu gerne gleich die Koffer gepackt und einen Flug nach Kolumbien oder Argentinien gebucht, um endlich nach dieser dämlichen Inka-Statue zu suchen, aber Elisabetta war offenbar so damit beschäftigt gewesen, hinter seinem Rücken ein unsauberes Geschäft einzufädeln, dass sie keine Zeit gefunden hatte, ihm ein paar Informationen zusammenzustellen. *Blöde Kuh.*

Ein Blick in den Kühlschrank verriet ihm, dass der Champagner immer noch da war, den Elisabetta für-wen-auch-immer kaltgestellt hatte. Na gut, vielleicht sah die Welt ein bisschen besser aus, wenn er das teure Gesöff intus hatte. Er würde es sich damit auf der Terrasse gemütlich machen und mit sich selbst auf sein neues Leben als Single anstoßen.

Doch leider war ihm keine Ruhe gegönnt, kaum hatte er sich das erste Glas eingeschenkt, als mal wieder das Telefon klingelte. Kein Wunder also, dass er sich recht gereizt mit einem »Wer stört?« meldete.

»Maximilian? Nach deinem komischen Auftrag heute Morgen wollte ich mich nur erkundigen, ob bei dir alles in Ordnung ist?«

Günter Pofalla! Maximilian atmete auf. Ja, auf eine Männerfreundschaft war eben Verlass.

»Wie man's nimmt«, meinte er. »Mein Problem konnte ich lösen, ja. Allerdings sind mir gleichzeitig meine Ehefrau, meine Freundin und ein Haufen Geld abhandengekommen«, sagte er sarkastisch.

»Hört sich nach einem spannenden Tag an«, meinte Günter, und Maximilian lachte bitter. So konnte man das natürlich auch nennen!

Günter und er gehörten beide nicht zu den Typen, die stundenlang über Gefühle schwafelten, und so riss Maximilian nur kurz die Geschehnisse des Tages an.

»Soll ich versuchen, deine Frau wieder aufzutreiben?«, fragte der Detektiv.

»Ach, lass mal. Ich bin froh, dass ich sie los bin.«

»Wenn du dich scheiden lassen willst, wäre es aber sinnvoll, ihren Aufenthaltsort zu kennen«, gab Pofalla zu bedenken. »Lass mich nur machen.«

»Hm«, brummte Maximilian ungnädig, aber natürlich hatte sein Freund recht – er sollte Elisabetta wirklich komplett aus seinem Leben streichen.

»Hör mal, ich habe mich in letzter Zeit echt wie ein Arsch benommen«, fuhr er ein wenig betreten fort. »Ich hoffe, du akzeptierst meine ehrliche Entschuldigung!«

»Natürlich. Dafür sind Freunde doch da«, antwortete Günter. »Weißt du was? Fahr doch ein paar Tage nach Wien. Das würde dich auf andere Gedanken bringen.«

»Was soll ich denn da?«

»Vielleicht möchtest du den Verlust wieder ausgleichen, den dir Elisabettas Abgang beschert hat«, schlug sein Freund vor. »Ein kleines Vögelchen hat mir verraten, dass ein Gemälde zum Verkauf steht, dass dich schon länger interessiert …«

Maximilian verdrehte die Augen.

»Der Amerikaner?«, riet er. »Ich dachte, der wäre sich längst mit einem anderen handelseinig geworden.«

»Sieht nicht so aus«, sagte Günter. »Aber er braucht dringend Geld. Und wenn ihn jemand davon überzeugen kann, sich von dem Picasso zu trennen, dann du. Wenn du willst, stelle ich dir ein paar Informationen über den Mann zusammen.«

Warum nicht? Wien war zwar nicht Südamerika, aber immer noch besser, als allein hier herumzusitzen und Trübsal zu blasen. Vielleicht brachte ihn der Charme der Mozartstadt ja tatsächlich auf andere Gedanken.

Maximilian nahm einen großen Schluck Champagner. Besser ein schlechter Plan als gar keiner! Also, auf nach Österreich.

***

»Sofia, gehen Sie in die Personalumkleide und holen Sie ihre Sachen. Gracia wird sie begleiten. Danach will ich Sie hier nie wiedersehen.«

Die Kellnerin wurde blass.

»Nein, bitte Herr Fournier, das können Sie nicht machen.«

»Das hätten Sie sich überlegen sollen, bevor sie versucht haben, einen unserer Gäste zu bestehlen. Und jetzt raus hier!«

»Das war ein Arsch!«

»Erstens verbitte ich es mir, unsere Stammgäste als Arsch zu bezeichnen«, grollte Pierre, »und zweitens wird hier niemand beklaut, egal ob Arsch oder nicht. Ich behalte es mir vor, rechtliche Schritte einzuleiten!«.

»Pah!«, machte sie nur, schürzte ihre knallroten Lippen, machte auf dem Absatz kehrt und rauschte aus seinem Büro. Kopfschüttelnd sah Pierre ihr nach. Da hatte er geglaubt, mit Sofia endlich mal wieder gutes Personal bekommen zu haben und jetzt das. Er hob den Blick und bemerkte, dass inzwischen eine ganz andere Frau unschlüssig vor seinem Büro stand und mit großen Augen zu ihm hereinsah. Valentina! Er eilte zu ihr.

»Waren wir verabredet? Das muss ich verschwitzt haben!«

Sie schüttelte den Kopf und sagt leise:

»Ich wollte mich nur verabschieden.«

Sofort wurde ihm klar, dass er sie nicht etwa mit der Entlassung seiner Angestellten schockiert hatte, sondern dass sie aus einem ganz anderen Grund so fix und fertig aussah. Verdammt, hatte er es doch geahnt, dass Maximilian dieser Frau das Herz brechen würde! Es gab wirklich Tage, da konnte er seinen Boss nicht ausstehen.

»Ich weiß nicht, ob Maximilian es dir schon gesagt hat – aber ihr braucht ein anderes Model für eure Kampagne.«

»Das tut mir … wie schade!«

»Das ist so eine schöne Idee, ihr solltet da unbedingt dranbleiben …«, meinte sie.

»Ja, klar – auch wenn es nicht mehr dasselbe sein wird, wenn du nicht dabei bist!«

Sie lächelte ihn gequält an, und irgendwie konnte Pierre sich des Gedankens nicht erwehren, dass auch Maximilian kein Interesse mehr für das neue Konzept aufbringen würde.

Er wusste schon, weshalb er eine eiserne Regel hatte, was seine Dates anging: Keine Angestellten, keine Kundinnen! Und natürlich keine Ex-Freundinnen des Chefs, dachte er seufzend. Aber Valentina sah sowieso nicht so aus, als hätte sie in absehbarer Zeit irgendein Interesse an einer neuen Beziehung.

»Willst du vielleicht einen Espresso? Wenn ich irgendwas für dich tun kann …«

Doch sie schüttelte den Kopf.

»Ich wollte nur Bescheid geben, damit ihr weitermachen könnt. Wer weiß, ob Maximilian daran denkt …«

Pierre nickte verständnisvoll.

»Also – alles Gute.« Sie streckte ihm eine Hand hin.

Er nahm sie, hielt sie ein wenig länger als nötig und zermarterte sich das Hirn, wie er ihr helfen könnte. Als ahne sie, was in ihm vorging, schüttelte sie nur bedauernd den Kopf, und dann war sie auch schon wieder verschwunden.

ENTHÜLLUNGEN

Mit schweren Schritten machte Valentina sich auf den Weg zurück zu ihrer WG. Obwohl der Sommer in München sich nach wie vor von seiner schönsten Seite zeigte, kam ihr alles öde und grau vor.

Zuhause ließ sie sich auf ihr Bett fallen und starrte an die Decke. Dabei hätte sie durchaus verschiedene Dinge zu erledigen gehabt. Ihre Naturkosmetikvorräte waren fast aufgebraucht, sie könnte die ein- oder andere Creme anrühren. Die Reisetasche, die sie zusammen mit Wanda aus Maximilians Apartment geholt hatte, stand immer noch ungeöffnet herum. Vor allem aber sollte sie ihre Agentin anrufen und ihr mitteilen, dass sie nun doch wieder frei war. Das Geld, das Wanda ihr geliehen hatte, würde nicht ewig reichen, da sie ja bereits Maximilian seinen Vorschuss zurücküberwiesen hatte.

Irgendwann musste sie der Freundin die Kohle auch wieder zurückgeben, obwohl Wanda da nur abgewinkt hatte.

Seufzend rappelte Valentina sich auf. Vielleicht half es, wenn sie sich mal wieder drastisch vor Augen führte, wie pleite sie eigentlich war.

Sie startete ihren Laptop, rief die Übersichtsseite ihres Online-Bankings auf und starrte völlig perplex auf die Zahl, die da angezeigt wurde. Da konnte doch etwas nicht stimmen. Sie hatte keine Außenstände, also wo kam dieser Betrag her?

Ihr erster Gedanke war, dass Maximilian ihr nun noch viel mehr Geld überwiesen hatte, nur um sie zu ärgern. Schließlich hatte sie ja mit ihm geschlafen, ganz wie er es gewünscht hatte! Ja, dachte er wirklich, sie würde diesen Hurenlohn behalten?

Sie hämmerte auf ihre Maus ein, konnte sich gar nicht schnell genug zu dem entsprechenden Formular durchklicken, damit das Geld wieder dahin befördert wurde, wo es herkam – bis sie erstaunt feststellte, dass sie sich geirrt hatte. Die Überweisung war nicht von Maximilian, sondern von ihrer Mutter.

Verwirrt hielt sie inne. Aber ihre Mutter hatte doch diese Therapie machen wollen? Mit Pferden! Ob die Krankenkasse die Kosten jetzt doch übernommen hatte? Allerdings war es wohl wahrscheinlicher, dass ihre Mutter es sich in der letzten Sekunde doch noch anders überlegt und die Therapie gar nicht erst angetreten hatte.

Valentina seufzte. Natürlich würde sie bei ihrem nächsten Gespräch zu hören bekommen, dass sie sich so gar nicht für ihre Mutter interessierte, wenn sie jetzt nicht nachfragte, was da los war. Also griff sie nach dem Telefon und rief sie an.

»Valentina, das ist aber schön, dass du dich mal meldest.«

»Wie geht es dir?«

»Sehr gut«, kam es zu Valentinas Überraschung aus dem Hörer. Sie konnte sich nicht erinnern, dass ihre Mutter jemals behauptet hätte, es gehe ihr gut.

»Dann war die Therapie erfolgreich?«, fragte sie hoffnungsvoll.

»Na ja, was diese Therapie angeht …«

Aha, hatte sie es doch gedacht. Ihre Mutter hatte gekniffen.

»… aber hat er dir denn nichts gesagt?«

Wer?! Was?!

»Mama, ich verstehe kein Wort. Wieso bist du denn da nicht hin? Du warst doch so begeistert von dieser Pferde-Sache!«

»Na ja, also die Sache ist die … es gab ja gar keine Therapie … aber Maximilian hat mir doch versprochen, dass er dir alles erklärt …«

»MAXIMILIAN?«, kreischte Valentina.

Vermutlich hatte ihre Mutter nun einen bleibenden Hörschaden erlitten. War ihr aber egal.

»Schrei doch nicht so. Also, ich weiß wirklich nicht, warum das jetzt an mir hängen bleibt …«, jammerte ihre Mutter.

»Nochmal ganz langsam«, sagte Valentina und atmete einmal tief durch. »Was hast du mit Maximilian zu tun und was sollte das mit der Therapie?«

»Na ja, das war so. Maximilian hat mich kontaktiert – er ist so ein netter Mann, Valentina. Und er ist ganz verrückt nach dir! Aber er hat gesagt, man muss dich ein bisschen zu deinem Glück zwingen … und deshalb wäre es gut, wenn ich dich um Geld anpumpen würde …«

Damit ihre Rücklagen dahinschmolzen und sie gezwungen war, auf Maximilians Jobangebot einzugehen! Das wurde ja immer schlimmer.

»… und deshalb habe ich mir das mit dieser Therapie ausgedacht, du liegst mir doch eh schon seit Jahren damit in den Ohren, das ich zu einem Psychologen soll – völlig unnötigerweise, übrigens …«

»Und dir ist nicht der Gedanke gekommen, dass ich vielleicht einen guten Grund dafür habe, dass ich nichts von Maximilian wissen will?«

Warum bemühte sie sich eigentlich um eine angemessene Lautstärke? Sie hätte gute Lust, ihre Mutter noch ein bisschen anzuschreien.

»Ich weiß, dass er verheiratet ist, Valentina. Aber der Mann hat Geld wie Heu und ist bereit, dir die ganze Welt zu Füßen zu legen. Mir gegenüber war er auch recht großzügig – obwohl ich ihm auch völlig umsonst geholfen hätte, schließlich war das alles nur zu deinem Besten! Du solltest dich wirklich nicht so zieren!«

Valentina schwieg. Was sollte man denn auch dazu sagen – die eigene Mutter riet einem zu einer Affäre mit einem verheirateten Mann, weil der Geld hatte?! Und Maximilian – seinen eigenen Vater ließ er hängen, aber ihre Mutter bezahlte er für diesen ›kleinen Gefallen‹?! Wobei man das vielleicht auch eher als Bestechung bezeichnen musste.

»Er hat doch keine abartigen Vorlieben, oder? Ich habe da erst ein Buch gelesen, von einem Milliardär, der hatte so ein Spielzimmer …«

»Nein Mama, das ist es nicht«, unterbrach Valentina sie, zu ihrer eigenen Überraschung in einem ganz ruhigen Ton. »Ich liebe ihn einfach nicht, das ist alles.«

Ihre Mutter hatte sie ebenfalls angelogen. Also war es völlig okay, wenn sie nun auch log.

»Ach Kindchen«, seufzte ihre Mutter. »Wann wirst du endlich begreifen, dass es die wahre Liebe gar nicht gibt?«

Da hatte ihre Mutter ausnahmsweise mal recht. Sie war zwar immer noch überzeugt davon, dass es die Liebe gab – aber das Wahre war sie wirklich nicht!

***

Wien.

Maximilian mochte die Stadt, die immer ein wenig den Eindruck vermittelte, die Kaiserzeit sei gerade erst zu Ende gegangen. Vielleicht weil die Wiener, trotz der zahlreichen Besucher, die natürlich auch in diesem Sommer die Stadt überschwemmten, sich mit ihrem typischen Wiener Schmäh immer treu blieben? In einem Kaffeehaus in der Nähe seines Hotels wurde er ebenfalls mit der üblichen Herablassung behandelt – und es war direkt wohltuend, dass es hier keine Bedienung gab, die ihm keck zuzwinkerte, sondern einen alternden Keller, der es offenbar als Frechheit empfand, dass er überhaupt etwas bestellte. Allerdings erhielt er nur wenig später einen hervorragenden ›Verlängerten‹ und einen ebenso perfekten Apfelstrudel, selbstverständlich hausgemacht.

Den Gedanken, dass es schön wäre, all dies mit jemandem teilen zu können, verscheuchte er rasch.

Stattdessen konzentrierte er sich auf die Unterlagen, die Pofalla ihm geschickt hatte und glich die Ergebnisse mit seinen eigenen Recherchen der letzten Tage ab. Keine Frage, Mr. Hanson war bankrott – es war nur noch nicht offensichtlich. An seiner Stelle würde er den Picasso lieber verkaufen, bevor seine prekäre Lage bekannt wurde und die Kunsthändler ihn wie die Geier auf der Suche nach einem Schnäppchen umkreisten.

Maximilians Chancen wurden leider ein wenig gemildert, da er den Amerikaner bei ihrem letzten Treffen als ›senilen Idioten‹ und ›hirnlosen Deppen‹ beschimpft hatte. Aber ein Versuch war es auf jeden Fall wert.

»Ja, der Herr Wolff! Na, sowas aber auch!«, polterte neben ihm jemand los, ganz so, als sei dies ein zufälliges Treffen und keine Verabredung.

Maximilian stand auf und schüttelte dem Wahl-Wiener und Picasso-Besitzer die Hand.

»Mr. Hanson! Was für eine Freude, Sie wiederzusehen.«

Sie nahmen Platz.

»Was darf ich Ihnen bestellen? Der Apfelstrudel ist hervorragend«, schlug Maximilian vor, doch Hanson rief schon dröhnend:

»Ein Doughnut und einen Kaffee mit Schuss.«

Maximilian grinste verstohlen. So ganz heimisch schien der Amerikaner in Wien ja auch nach all den Jahren nicht zu sein. Von einer dezenten Unterhaltung hielt sein Gegenüber ebenfalls immer noch recht wenig, jedenfalls fuhr er in fast unverminderter Lautstärke fort:

»Das ist ja echt ein Ding! Der Wolff aus München – immer auf der Jagd, stimmt's? Der Wolff gibt seine Beute nie auf, ha, ha! Hätt ich ja nicht gedacht, dass wir uns nochmal wiedersehen!«

Maximilian räusperte sich.

»Ich muss mich wirklich entschuldigen …«, begann er, doch Hanson ließ ihn gar nicht ausreden.

»Schwamm drüber, alter Freund!«, brüllte er, und schlug ihm auf die Schulter. »Das nächste Mal besorgen Sie mir einfach ein Madl, das sich nicht so ziert, okay?«

Dabei späht er nach links und rechts, so als rechne er damit, dass Maximilian in weiblicher Begleitung erschienen wäre.

Der runzelte irritiert die Stirn, da er keine Ahnung hatte, was Hanson meinte, entschied sich jedoch dafür, lieber den Picasso zur Sprache zu bringen.

»Stimmt es denn, dass Sie immer noch im Besitz eines ganz bestimmten Gemäldes sind? Nachdem Sie dessen

Anblick nun schon jahrelang allein genießen dürfen, wäre es vielleicht Zeit für einen Wechsel?«

»Also, hin und wieder genieße ich seinen Anblick schon in Gesellschaft!«, grölte Hanson. »Aber Spaß beiseite, ich will nicht verkaufen!«

»Sicher? Und ich dachte mir, so eine kleine Finanzspritze täte Ihnen vielleicht ganz gut.«

Misstrauisch verengte der Amerikaner die Augen.

»Was soll denn das heißen, Mann? Meine Geschäfte laufen hervorragend!«

»Derzeit mag das vielleicht so aussehen«, sagte Maximilian sanft. »Aber Sie und ich wissen, dass Ihre Geschäfte nichts weiter als ein besseres Schneeballsystem sind – das Ihnen über kurz oder lang um die Ohren fliegen wird. Und wer wird dann wohl noch den besten Preis für den Picasso bieten, wenn bekannt wird, dass Sie in der Klemme stecken?«

Hanson schnaubte verärgert und brüllte nach einem Grappa.

»Gar nix wissen *wir*. Aber selbst, wenn Sie recht hätten – was natürlich nicht der Fall ist – warum sollte ich dann ausgerechnet an Sie verkaufen? Sie böten doch dann kaum einen angemessenen Preis, eh?«

»Das kommt wohl darauf an, was Sie unter einem angemessenen Preis verstehen«, sagte Maximilian und nannte
einen Betrag.

»Ha, Ha«, machte Hanson. »Das ist ein Witz. Selbst wenn
Sie mir sämtliche Münchner Madln auf einem Silbertablett
dazu servieren würden, für diesen Preis gebe ich den Picasso
nie und nimmer her!«

Was war eigentlich mit Hanson los? Litt er unter einem
Testosteron-Stau, oder was hatte er dauernd mit
seinen ›Madln‹?

»Nun«, meinte Maximilian bedächtig, lehnte sich zurück
und legte die Fingerspitzen aneinander. »Ich habe nicht
gesagt, dass ich nicht zu Verhandlungen bereit bin.«

»Nix da. Selbst wenn ich verkaufen wollen würde – was ja
nicht der Fall ist – würde ich mindestens das Doppelte verlangen!«

Maximilian grinste nun ganz offen. Okay, die Verhandlungen hatten begonnen.

»Aber ich wäre durchaus bereit, Ihnen ein wenig entge-
genzukommen – wenn Sie mir im Gegenzug mit ein paar
Informationen aushelfen.«

»Häh?«, machte Hanson misstrauisch.

»Ich muss mich wirklich für mein rüpelhaftes Benehmen
bei unserem letzten Treffen entschuldigen«, sagte

Maximilian. »Aber meine Freundin hatte gerade mit mir Schluss gemacht und dann habe ich Sie auch noch bei Verhandlungen mit meinem Vater überrascht, da sind mir wohl die Sicherungen durchgebrannt.«

Eigentlich hatte Maximilian damit gerechnet, dass der Amerikaner sich nun lautstark über die Ereignisse jenes Abends ausließ, doch alles, was Hanson sagte, war:

»Oh.«

»Sie haben den Picasso damals doch nicht verkauft«, fuhr Maximilian fort. »Ich hatte mich sowieso schon gewundert, dass mein Vater über die finanziellen Mittel für so eine Transaktion verfügt. Aber vielleicht können Sie mir verraten, wie es überhaupt zu einem Treffen zwischen ihnen gekommen ist?«

Nachdenklich kratzte Hanson sich am Kinn.

»Reden wir doch erstmal darüber, was sie unter ›beim Preis entgegenkommen‹ verstehen«, schlug er vor.

***

Hanson lehnte sich zurück, überaus zufrieden mit dem Ergebnis der Verhandlungen. Auch wenn er nicht damit rechnete, den vereinbarten Betrag jemals zu erhalten, es reichte ihm schon, diesen Sonnyboy Maximilian Wolff mal in die Schranken zu weisen. Auch wenn diese ganze verworrene Geschichte womöglich darauf hindeutete, dass Wolff gar nicht so ein Glückskind war, wie es nach außen hin den Anschein hatte.

Deshalb entschied er sich auch dafür, einfach bei der Wahrheit zu bleiben und die Story nicht weiter auszuschmücken.

»Also, die Rezeption von meinem Hotel hat mir mitgeteilt, dass Ihre Maschine aus Rom Verspätung hat, aber ich könne ruhig schon einmal an dem reservierten Tisch in diesem polynesischen Restaurant Platz nehmen.« Lauernd betrachtete Hanson seinen Gesprächspartner, doch bis hierhin schien die Geschichte zu stimmen. Allerdings hatte er so eine Ahnung, dass dem Wolff der zweite Teil der Nachricht weniger gefallen würde.

»Der Portier sagte auch gleich, dass Sie für eine nette Gesellschaft gesorgt hätten, damit mir nicht langweilig wird, bis Sie eintreffen. Wir sollten uns derweil ein wenig vergnügen.«

Der Kunsthändler biss die Zähne zusammen und umklammerte seine Tasse so heftig, dass Hanson sich wunderte, dass diese nicht zerbrach. Sieh an. Seine Vermutung war also richtig, die Lady, die damals auf ihn gewartet hatte, war gar keine Prostituierte gewesen. Aber die Nachricht war doch eindeutig gewesen, oder? Obwohl es ja schon ein bisserl komisch gewesen war, dass ausgerechnet der überkorrekte Wolff mit einer Nutte ums Eck kam, um ihn weichzukochen, aber wer war er denn, so ein hübsches Madel zu verschmähen?

»Na ja, da dachte ich, wir könnten ruhig schon mal ein bisschen herummachen, bis Sie da sind.«

Fuck. Wolff sah ihn an, als wolle er ihm jeden Moment an die Gurgel gehen!

»Hej, es ist gar nichts passiert«, versuchte Hanson die Situation zu retten. »Ich habe ihr nur kurz an die Titten gefasst und versucht, sie zu küssen … Mann, setzen Sie sich doch wieder hin, bitte Herr Wolff, ich dachte doch, sie sei eine Nu… eine Escort-Dame, das war doch nicht bös gemeint …«

Der Kellner erschien mit strenger Miene hinter ihrem Tisch und Wolff setzte sich tatsächlich wieder. Hanson war verdammt froh, dass die Teller mitsamt den Gabeln bereits abgeräumt worden waren. Dem Wolff gab man im Augenblick besser keine Waffe in die Hand, und möge sie auch noch so harmlos sein. Nervös strich er sich über seinen sorgfältig gebundenen Seidenschal.

»Ich hab das gar nicht verstanden, warum sie sich so anstellt. Die einzige logische Erklärung schien zu sein, dass sie so eine Art Spiel mit mir treibt. Also spiel ich halt mit und tätschle behutsam ihr Knie, damit sie sich beruhigt – aber sie springt auf und rennt weg!«

Dass er nach dem behutsamen Tätscheln versucht hatte, seine Hand unter den Rock des Mädels zu schieben, ließ er mal lieber weg – der Wolff sah ihm nicht so aus, als ob er das verkraften würde.

»Na ja, das Madel haut also ab, und ich hock da rum wie bestellt und nicht abgeholt. Dann kommt ein Mann an meinen Tisch, sagt, er sei ihr Vater, entschuldigt sich für die Zicke und für Ihre Verspätung und meint, er sei befugt, schonmal mit den Verhandlungen zu beginnen. Wir reden also ganz zivilisiert über das Geschäft, als Sie plötzlich reinplatzen, Ihren Vater anbrüllen, mich einen Idioten nennen und meinen Cocktail musste ich am Schluss auch noch selbst bezahlen. Da dachte ich mir, also wenn ich den Picasso wirklich mal verkaufen will, dann aber nicht an den Wolff!«

Schweigend starrte der Kunsthändler ihn an, bis Hanson anfing, nervös am Kragen seines Hemdes zu ziehen. Hej, das alles war doch wirklich nicht seine Schuld gewesen! Was konnte er dafür, wenn andere Leute ihre Familienstreitigkeiten in der Öffentlichkeit austrugen?

Doch schließlich bat der Wolff zu seiner Überraschung den Kellner ganz manierlich um die Rechnung und sagte ruhig zu ihm:

»Dann möchte ich jetzt bitte das Bild sehen.«

Hanson zuckte mit den Achseln. Sollte ihm recht sein. Wolff mochte ganz abgebrüht tun, aber in Wahrheit war er sicher ziemlich aufgewühlt. Nicht der schlechteste Zeitpunkt, um ihm das Gemälde zu präsentieren.

***

»Hanson, das ist doch nicht echt. Nicht mal eine besonders gute Kopie. Wollen Sie mich verarschen?«

Aber Maximilian merkte selbst, dass er sich eher resigniert als verärgert anhörte. Eigentlich war er auch nur deshalb mit zu Hansons Wohnung gekommen, weil er sich an sein Wort, was den Kauf des Gemäldes anging, gebunden fühlte.

»Sorry, Mann«, sagte Hanson nur. »Ein Versuch war's wert, oder?«

»Und das Original?«, seufzte Maximilian.

»Na ja, vor einem Jahr oder so brauchte ich dringend eine kleine Finanzspritze. Da fiel mir ein Landsmann von mir ein, der schon seit Jahren scharf auf das Bild war. Musste halt alles ganz diskret ablaufen, sonst hätte der gleich die Steuerfahndung am Hals! Sein Laden wirft angeblich so gut wie nix ab, da könnte er sich nie ein Original leisten. Und ich … kommen Sie, Wolff, Sie halten doch dicht, oder?«

»Sie lassen sich also immer noch von uns Kunsthändlern einladen, um dann im entschiedenen Moment einen Rückzieher zu machen?«

»Immerhin habe ich nur ein Kaffeehaus vorgeschlagen, kein Gourmettempel! Und Sie kennen jetzt als einziger die Wahrheit!«, trumpfte der Amerikaner auf.

Maximilian nickte lustlos. Eigentlich war Hanson ihm völlig egal.

»Tja, dann sage ich jetzt mal nicht auf Wiedersehen, denn Wiedersehen werden wir uns wohl nicht.«

»Sie reisen ab?«

Erneut nickte er nur. Hanson und seine finanziellen Probleme gingen ihn schließlich gar nichts an. Außerdem hatte er keine Zeit zu verlieren – er musste zurück nach München, seinen Vater ermorden und Valentina alles erklären!

***

Zum Glück dauerte die Fahrt von Wien bis in die Münchner Innenstadt auch mit einem Porsche Boxster vier Stunden, so dass Maximilian genug Zeit hatte, seine Mordpläne noch einmal zu überdenken. Nein, wegen seinem Vater würde er sicher nicht straffällig werden, nicht mal der Körperverletzung würde er sich schuldig machen! Die beste Strafe für den alten Deppen war doch, wenn er trotz aller Intrigen mit Valentina glücklich wurde.

Dazu musste er ihr allerdings erstmal klar machen, dass das alles ein ganz schlimmes Missverständnis war. Vielleicht kannte Valentina seinen Vater ja nicht mal? Der Alte könnte irgendwie von dem Treffen erfahren haben, schließlich hatte Hanson recht unumwunden zugegen, dass er sich gerne von den Kunsthändlern einladen ließ, und ihnen dafür das lukrative Geschäft mit dem Picasso in Aussicht stellte, zu dem es dann doch nicht kam.

Valentina hatte natürlich annehmen müssen, dass er selbst es gewesen war, der seinem Geschäftspartner gestattet hatte, sich ihr gegenüber irgendwelche Vertraulichkeiten herauszunehmen. Was ihm selbstverständlich im Traum nicht einfallen würde! Doch statt ihn damit zu konfrontieren, hatte Valentina ihm vorgeworfen, in Rom eine Affäre gehabt zu haben. Stecke hinter diesem Verdacht womöglich auch sein Vater, der wirklich alles daransetzte, um ihm eins reinzuwürgen?

Endlich erreichte er die Straße, in der Valentinas WG lag. Wie immer war nirgends ein Parkplatz zu finden, und nachdem er zweimal um den Block gefahren war, verlor er bereits die Geduld und parkte verkehrswidrig an einer Kreuzung – sollten sie den Porsche doch abschleppen!

Maximilian sprang aus dem Wagen, eilte zu Valentinas Haus und betete dabei, dass sie daheim war. Er nahm es als glückliches Zeichen, dass die Haustür gerade von einer Frau geöffnet wurde, die sich mit einem Kinderwagen abmühte. Galant hielt er ihr die Türe auf und erntete ein erschöpftes Lächeln. Dann sprintete er die Stufen bis in den vierten Stock hinauf, wo er sich nur kurz Zeit zum Atemholen nahm, bevor er auf die Klingel drückte.

Ihm wurde geöffnet! Doch die Freude währte nur kurz, als er erkannte, dass es nicht Valentina, sondern eine mittelgroße Frau mit stacheligem Kurzhaarschnitt war, deren enges Sporttop keine Fragen zu ihrer durchtrainierten Figur offenließen.

»Hallo. Wanda, nicht wahr? Ich möchte zu Valentina«, sagte er höflich.

»Na sowas, wenn das nicht der große Herzensbrecher höchstpersönlich ist«, sagte die Frau und verschränkte die Arme vor der Brust, um ihm zu signalisieren, dass er erst an ihr vorbeimüsste, wenn er zu Valentina wollte. »Das Blöde dabei ist nur, dass du der letzte Mensch bist, den Valentina sehen will.«

»Darf ich das … bitte … von ihr selbst hören?«

Wanda verdrehte die Augen.

»Welchen Teil von ›sie will dich nicht sehen‹ hast du jetzt nicht verstanden?«

Fast gleichzeitig ertönte Valentinas Stimme von irgendwo aus der Wohnung: »Verschwinde!«

»Da hörst du's«, meinte Wanda, doch er rief unbeeindruckt:

»Valentina, bitte, du musst mich anhören! Es ist alles ein riesiges Missverständnis!« Er entschied sich, mit dem Thema zu beginnen, dass sie aktuell auseinandergebracht hatte: »Meine Frau ist nicht schwanger. Wir haben uns getrennt.«

»Ach wirklich«, kam es nur spöttisch aus den Tiefen der WG.

»Valentina, kann ich nicht reinkommen? So kann man doch nicht reden.«

»Nein!«, sagten Wanda und Valentina gleichzeitig.

Inzwischen blockierte Wanda breitbeinig den Eingang, und irgendwie hegte er nicht den geringsten Zweifel daran, dass sie ihn recht wirkungsvoll am Eintreten hindern würde, sollte er etwas derartiges versuchen. Also musste er wohl weiter in die Wohnung hineinrufen, wenn er nicht riskieren wollte, dass ihre Unterhaltung vorzeitig zu Ende war.

»Mein Vater ist an allem schuld«, erklärte er lautstark. »Damals auch schon. Zu dieser unschönen Situation mit meinem Geschäftspartner ist es nur gekommen, weil mein Vater einen Haufen Unwahrheiten verbreitet hat.«

Er drückte sich absichtlich so umständlich aus. Wenn es irgendwie ging, sollte sie nicht erfahren, dass Hanson sie für eine Nutte gehalten hatte.

»Dein Vater, so, so. Wieso hätte er das denn tun sollen?«, fragte Valentina, und es hörte sich nicht so an, als glaube sie ihm.

»Mein Vater hasst mich«, fuhr er so eindringlich fort, wie es die Lautstärke, zu er gezwungen wurde, es zuließ. »Er hat meinen Großvater bestohlen und meine Mutter zutiefst unglücklich gemacht. Dann hat er versucht, meinen Opa unter Druck zu setzen – mit mir. Aber da ist er an den Flaschen geraten, Großvater hat da nicht mitgespielt. Stattdessen hat er mich in einem Internat in der Schweiz untergebracht, später bin ich dann zu ihm gezogen. Seitdem hasst mein Vater mich, weil ich scheinbar mühelos bekommen habe, was ihm immer verwehrt war: Großvaters Anerkennung und sein Geld.«

Noch nie hatte er davon irgendjemandem erzählt. Er hätte sich das nicht mal vorstellen können, dass er überhaupt dazu fähig war. Und wenn, dann hatte er sicher nicht damit gerechnet, dass er dann in einem Hausflur stehen würde und seine Kindheitserlebnisse lautstark zum Besten geben würde.

Es fühlte sich an, als hätte er soeben seine Seele entblößt. Doch leider hatte es nicht die gewünschte Wirkung. Wie eine Furie kam Valentina von irgendwoher aus der Wohnung geschossen und knallte ihm eine Visitenkarte vor die Brust.

»Mein Vater, mein Vater«, äffte sie ihn nach. »Du bist doch ein erwachsener Mann, oder? Meine Kindheit war vielleicht auch nicht die tollste und meine Mutter ist sicher nicht die beste Mama der Welt. Aber ich habe mich damit auseinandergesetzt und mein Leben selbst in die Hand genommen – so machen das erwachsene Leute! Und das solltest du vielleicht auch tun, anstatt alles deinem Vater in die Schuhe zu schieben.«

»Äh, was?«, stotterte er.

»Dein Vater hat ganz sicher meine Mutter nicht dazu angestiftet, mich zu belügen und mir den letzten Cent aus der Tasche zu ziehen«, fauchte sie. »Dein Vater hat mich auch nicht erpresst, um mich in sein Bett zu bekommen. Denk mal darüber nach!«

»Aber das war doch nur, weil ich dachte … und du wolltest doch auch mit mir schlafen …«, stammelte er, doch Valentina hatte sich schon abgewandt, und Wanda knallte ihm die Tür mit solcher Heftigkeit vor der Nase zu, dass ihm sonnenklar war, dass sie diese unter keinen Umständen wieder öffnen würde.

»Aber …«, sagte er schwach.

»Wenn du dich hier nochmal blicken lässt, schneide ich dir die Eier ab«, tönte Wandas Stimme noch durch die geschlossene Tür.

Resigniert warf Maximilian einen Blick auf die Karte, die Valentina ihm vor den Latz geknallt hatte. Doch die schön geschwungenen Buchstaben gaben leider auch keinen Anlass zur Hoffnung: ›Ralf Zweig, Psychotherapeut, Sonnenstraße 11‹ las er.

***

Aufgebracht rannte Valentina in der Wohnung herum, was nicht so ganz einfach war, da der Kram, den drei Mädels so anhäuften, ein einfaches Durchkommen fast unmöglich machte. Wanda setzte sich auf die Küchenbank und ließ sie eine Weile gewähren, ehe sie sagte:

»Entweder du hockst dich jetzt hin oder du gehst raus an die frische Luft.«

Valentina entschied sich für Ersteres.

»Dass er die Frechheit hat, hier aufzutauchen«, meinte sie, immer noch aufgebracht.

Nachdenklich sah sie ihre Freundin an.

»Aber ich habe mit ihm gesprochen! Wie du es gesagt hast.«

Wanda seufzte.

»Val, eine Aussprache sieht anders aus. Du hast dem armen Mann ja gar nicht richtig zugehört.«

»Armer Mann?!«, schnaubte Valentina empört.

»Okay, er hat sich wie ein Arschloch benommen. Aber was er da über seine Eltern erzählt hat, ist schon ziemlich krass, oder? Das würde vielleicht einiges erklären«, meinte Wanda.

»Na und«, schimpfte Valentina. »Ich hatte es auch nicht immer leicht. Das entschuldigt gar nichts.«

»Aber du hattest uns«, sagte Wanda sanft. »Freddy und ich haben immer zu dir gehalten, oder? Schon damals in der Schule, als das mit deinem Bruder passiert ist. Hat Maximilian denn Freunde, die von Kindesbeinen an für ihn da sind?«

Nachdenklich runzelte Valentina die Stirn. Er hatte von einem Detektiv in München erzählt, der ihn bei der Suche nach verschollenen Kunstwerken unterstützte, und ihn als seinen Freund bezeichnet. Dennoch hatte Valentina nicht den Eindruck gehabt, die Beziehung sei so eng wie ihre zu Freddy und Wanda. Doch dann fiel ihr etwas anderes ein.

»Er ist verheiratet«, erklärte sie nachdrücklich.

»Tolle Ehe, wenn der Mann das halbe Jahr auf Reisen ist und die andere Zeit von einem Bett ins andere springt.« Wanda schüttelte den Kopf. »Und tu nicht so, als ob du nichts davon wüsstest! Ich bin mir sicher, dass du Freddys Klatschblättchen aus dem Altpapier fischst und deshalb bestens im Bilde über Maximilians zahlreiche Affären bist.«

Valentina verschränkte beleidigt die Arme und zog eine Schnute, doch Wanda grinste.

»Ist doch okay – ich lese das Zeug auch, wenn Freddy nicht hinguckt«, gab sie zu, und Valentina musste ungewollt lachen, denn Wanda ließ sonst keine Gelegenheit aus, um ihre Mitbewohnerin mit ihrem fragwürdigen Zeitschriftengeschmack aufzuziehen.

»Und dann dieses Apartment, aus dem wir dein Zeug geholt haben – so eine unpersönliche Bude habe ich noch nie gesehen«, fuhr Wanda fort. »Das sieht aus wie ein Hotelzimmer. So was mietet doch nur ein Mann an, der keine Lust hat, sich jedes Mal eine neue Absteige zu suchen, wenn er mal wieder eine Frau abgeschleppt hat. Aber glaubst du wirklich, das macht ihn glücklich?«

Über die zahlreichen Frauen, mit denen Maximilian seit ihrer Trennung zusammen gewesen war, wollte Valentina nun wirklich nicht reden.

»Seinen Spaß wird er schon gehabt haben. Soll das vielleicht ein Grund sein, mich derartig mies zu behandeln?«, fragte sie. »Nee, ich bin durch mit dem Kerl!«

»Und wenn es doch eine Intrige seines Vaters war?«, gab ihre Freundin zu bedenken. »Also, du rennst vor diesem komischen Amerikaner weg, weil der dich betatscht, und ein paar Stunden später taucht ausgerechnet Maximilians Vater bei dir auf und erzählt dir von der Affäre in Rom? Da ist doch schon was faul, oder? Und jetzt behauptet der Alte wieder was, nämlich das Maximilians Frau schwanger sei. Was scheinbar ebenso wenig stimmt. Mir würde das ja schon zu denken geben.«

Doch Valentina schüttelte abwehrend den Kopf.

»Sein Vater kann gar nicht an allem schuld sein. So gemein ist doch niemand zu seinem eigenen Sohn. Ich verstehe auch gar nicht, warum du Maximilian plötzlich so verteidigst, ich dachte, du willst ihm die Eier abschneiden?!«

Wanda grinste nur keck, ließ sich jedoch nicht zu einer Erklärung herab.

»Ich gehe jetzt jedenfalls erstmal duschen!«, verkündete Valentina verärgert und stand auf.

»Keine schlechte Idee. Ich hatte schon befürchtet, dass wir dich irgendwann aus diesem grässlichen Jogginganzug herausschneiden müssen.«

»Pah«, gab Valentina nur beleidigt zurück und knallte die Badtür hinter sich zu.

Also manchmal war Wanda wirklich unerträglich!

RICHTUNGSWECHSEL

Drei Wochen gingen ins Land, drei Wochen, in denen Maximilian keinerlei Anstalten machte, sich nach Südamerika oder auch sonst wohin aufzumachen. Drei Wochen, in denen er sich einredete, dass er nach Elisabettas Verschwinden nicht ebenfalls einfach abhauen konnte, sondern sehr viel erledigen müsse. Drei Wochen, in denen die Geschäfte jedoch wie zum Hohn auch ohne sein Zutun blendend liefen. Also verbrachte er die meiste Zeit damit, aus dem Fenster zu starren und sich zu fragen, wann er aufhören würde, sich so leer und unvollständig zu fühlen.

Genauso lange dauerte es auch, bis Maximilian verstand, weshalb Valentina so wütend geworden war – und er kapierte, was er eigentlich hätte tun sollen: sie um Verzeihung bitten. Als er das endlich begriff, stieg er sofort in seinen Wagen und machte sich auf den Weg zu Valentinas WG.

Wieder gelangte er ohne zu klingeln in das Haus, und als ihm erneut Valentinas Freundin – diesmal in einem knallengen Jumpsuit – die Tür öffnete, fühlte Maximilian sich endgültig so, als hätte er ein Déjà-vu.

»Hallo Wanda«, sagte er resigniert.

»Ich muss schon sagen, du bist ein mutiger Mann, Maximilian Wolff«, entgegnete sie frech und warf einen bedeutungsvollen Blick auf seinen Schritt.

»Habe ich irgendeine Chance, Valentina zu sprechen?« Er hatte nicht vor, auf ihre Anspielung einzugehen.

Sofort wurde auch Wanda ernst.

»Ich würde mal sagen, das hängt ganz davon ab, was du vorhast.«

»Ich möchte mich gerne bei ihr entschuldigen«, seufzte er.

Scheinbar war es sein Schicksal, sein Seelenleben ständig vor dieser fremden jungen Frau auszubreiten. Sie winkte jedoch ab.

»Eh klar. Aber das meine ich nicht!« Sie pikste ihn mit ihrem Zeigefinger in die Brust. »Nur mal angenommen, Valentina würde dir tatsächlich verzeihen – was hast du dann vor, hm? Wirst du sie in deinen goldenen Käfig da in

Starnberg setzen und dein Leben als Frauenheld und Weltrei-
sender fortsetzten, oder wie darf ich mir das vorstellen?«

Verblüfft starrte er Wanda an. So weit hatte er noch gar
nicht gedacht.

»Nein. Aber wie käme ich dazu, ein Leben mit Valentina
zu planen, wenn sie nicht mal mit mir sprechen will?«

Wanda musterte ihn eine Weile streng, und was immer sie
sah, schien sie zu überzeugen, denn sie machte einen Schritt
zur Seite und wies einladend in die Wohnung.

»Na, wenigstens scheinst du es ernst zu meinen, wenn du
trotz der Gefahr, in der deine edelsten Körperteile schweben,
hierhergekommen bist. Aber Val ist bei einem Shooting, und
du bist der Letzte, den sie da jetzt brauchen kann. Komm
trotzdem kurz auf einen Kaffee rein – dann erzähle ich dir,
wie das damals mit ihrem Bruder wirklich war. Schließlich
sollst du auch ein richtig schlechtes Gewissen haben, wenn
du mit ihr sprichst!«

Maximilian wurde ein wenig mulmig zumute. Aber
schließlich war er kein Feigling, und deshalb folgte er Wanda
in die WG-Küche.

***

Valentina legte die Hände auf ihre Oberschenkel, schloss die Augen und atmete tief ein und aus. Das Fitnessstudio, in dem Wanda arbeitete, verfolgte seit neuestem ein ›ganzheitlichen Ansatz‹, was immer das heißen mochte, auf jeden Fall war ihre Freundin ganz begeistert davon. Atemübungen schienen ein wichtiger Bestandteil dieses Konzepts zu sein, und genau die machte sie seit einigen Tagen mit Wanda. Das verblüffende daran war, dass es mit etwas Übung tatsächlich funktionierte. Sie wurde ganz ruhig und entspannt, doch vor allem glaubte sie nun fest daran, dass sie es schaffen konnte.

»Valentina?«, fragte hinter ihr jemand vorsichtig, und sie öffnete die Augen und sah, dass hinter ihr ein Mann mit einer Kamera stand. »Können wir anfangen?«

Sie nickte und lächelte ihm zu. Ihre Agentin hatte ihr versichert, dass bei es bei diesem Shooting nicht nötig sein würde, die Katze zu streicheln oder gar auf den Arm zu nehmen, schließlich sollten Werbefotos für Katzenfutter gemacht werden, und da sollte die Katze natürlich freudig fressen und nicht etwa kuscheln. Valentina würde dabei die glückliche Besitzerin mimen, die nur das beste für ihr Haustier wollte.

Passend zur Zielgruppe des hochwertigen Bio-Futters bestand das Setting aus einem topmodern eingerichtetem Zimmer und Valentina fragte sich schon, wer wohl so verrückt wäre, derartig hochwertige Möbel den Krallen einer Katze auszusetzen. Aber das war ja nicht ihr Problem.

»So, da ist eine Schale mit dem Futter, das stellst du bitte ein paar Mal auf diese Unterlage, und ich mache derweil ein paar Probefotos und schaue, ob das mit den Einstellungen so passt«, wies der Mann mit der Kamera sie an.

Valentina nickte.

»Die Katze kommt erst später?«, fragte sie trotzdem vorsichtshalber, damit sie nicht wieder von dem plötzlichen Auftauchen eines Tierchens überrascht wurde.

»Die Katze?!«, fragte der Fotograf verständnislos.

»Na, die das Futter fressen soll. Ich hoffe ja, das ist nicht für mich«, meinte Valentina und zwinkerte ihm zu.

»Ach so! Die Katze. Nee, sorry, ich arbeite nicht mehr mit Tieren, das gibt immer nur Chaos. Die Katze fügen wir hinterher digital ein. Ich hoffe, das ist kein Problem für dich? Ich meine, so zu tun, als wäre da eine Katze?«

Valentina hatte Mühe, einen Lachkrampf zu unterdrücken. Aber scheinbar halfen Wandas Atemübungen auch gegen unpassende Heiterkeit, denn sie schaffte es ziemlich schnell in ganz normalen Tonfall zu erwidern:

»Aber natürlich nicht. Kein Problem!«

Entsprechend entspannt verlief der Rest des Shootings und vor allem um einiges schneller, als sie gedacht hatte. Also entschied sie sich spontan, noch einen kleinen Bummel durch den Englischen Garten zu unternehmen, bevor sie sich auf den Heimweg machte.

Sie blieb kurz am Eisbach stehen und bewunderte die Surfer, die sich hier das ganze Jahr über zum Wellenreiten trafen. Dann ging sie weiter in den Park hinein, genoss die Sonnenstrahlen, die sie an der Nase kitzelten, und fühlte sich seit langer Zeit einmal wieder mit sich selbst im Reinen. Schließlich setzte sie sich auf eine der zahlreichen grünen Holzbänke und betrachtete fast neidisch die vielen Menschen um sich herum, die auf den Wiesen des Englischen Gartens lagerten. Gemütlich sah das aus, viel besser als diese Bank!

Aber sollte sie das wirklich wagen? Sich in eine Wiese setzen, ungeachtet der Tatsache, dass genau an der Stelle vielleicht jemand sein Bier verschüttet hatte, oder vielleicht noch schlimmeres? Von den Insekten, die hier lebten und die sicher nur darauf warteten, an ihren Beinen hochzukriechen, ganz zu schweigen!

Valentina kramte in ihrer riesigen Handtasche herum und zog schließlich die Zeitschrift heraus, die sie sich ausnahmsweise mal selbst gekauft hatte, anstatt sie aus dem Altpapierstapel ihrer WG zu ziehen. Sie könnte sich darauf setzen … Andererseits kam sie sich eh schon wie eine Betrügerin vor, nachdem sie tagelang mit Wanda Entspannungsübungen gemacht hatte, und jetzt hatte sie das Shooting mit der Katze gar nicht bewältigen müssen. Was waren da schon ein paar Ameisen im Vergleich zu einer Katze?!

Also wiederholte sie die den ganzen Zyklus des tiefen Ein- und Ausatmens nochmal, dann stand sie entschlossen auf, die Zeitschrift wie eine Waffe in der Hand und ging ein paar Schritte in die Wiese hinein. Sorgfältig inspizierte sie den gewählten Platz. Konnte ja sein, dass gerade da noch niemand saß, weil sich hier irgendwelcher Unrat befand. Doch als sie nichts entdeckte, setzte sie sich entschlossen hin.

Es passierte – nichts. Weder rückte eine Armada von Käfern an, noch drangen irgendwelche widerlichen Flüssigkeiten durch ihre Hose. Aber nicht nur das – der Boden war ganz warm und weich, und das fühlte sich richtig gut an. Schnell kramte sie nach ihrem Handy und schoss ein paar Fotos von ihren Füßen im Gras. Die schickte sie auch gleich an Wanda, mit der Unterschrift: ›Keine Katze beim Shooting. Aber ich trotze den Insekten!‹ Dann streckte Valentina vorsichtig die Beine aus, stützte die Hände zur Seite und reckte ihr Gesicht der Sonne entgegen.

Jetzt konnte sie es sogar riechen. Hier, mitten in der Stadt roch es nach Sommer. Nach wilden Blumen und frisch geschnittenem Gras, ein wenig nach Sonnenöl und ganz deutlich nach Popcorn. War das schön! Sie schloss die Augen und lächelte, und sie lächelte immer noch, als sie einige Zeit später jemand ansprach.

»Valentina?«

***

Sie sah wunderschön aus, wie sie da so lang ausgestreckt um Gras saß, die Augen halb geschlossen. Hatte er wirklich gedacht, er sein kein Feigling? Am liebsten hätte Maximilian auf dem Absatz kehrtgemacht. Der Englische Garten war riesig, nie und nimmer hatte er geglaubt, Valentina nur aufgrund der wackeligen Fotos zu finden, die sie Wanda geschickt hatte.

Doch jetzt stand er hier, nur ein paar Meter von ihr entfernt, und war immer noch der Ansicht, dass es keine Worte gab, um zu entschuldigen, was er ihr angetan hatte.

Schließlich war sie es, die das Schweigen brach.

»Ich sitze in der Wiese.«

Er wusste jetzt, was das für sie bedeutete. Ihre Abneigung gegen Tiere und Schmutz aller Art war kein charmanter

Spleen, wie er einst vermutet hatte. Sondern Folge der Ereignisse rund um den Tod ihres Bruders. Wie hatte er ihr nur an den Kopf werfen können, sie sei schuld daran?! Damals war Valentina doch noch ein Kind, selbst wenn sie darauf bestanden hätte, ihren Bruder allein zu lassen, wäre es an ihrer Mutter gewesen, das zu verhindern.

»Es tut mir alles so leid«, antwortete er.

Was für eine lahme Phrase! Aber irgendwann musste er ja mal irgendetwas sagen, oder?

Valentina öffnete die Augen nun vollends, sah ihn ernst an und schien ebenfalls mit ihren Worten zu ringen.

»Es tut mir auch sehr leid, was mit deiner Mutter passiert ist.«

Nun war er restlos verwirrt. Wie konnte sie davon erfahren haben, dass seine Mutter sich umgebracht hatte? Sie schien zu ahnen, was er dachte.

»Wanda ist dein größter Fan, wusstest du das? Sie hat die ganzen Hintergründe der Geschichte recherchiert.«

»Wanda?«, krächzte er entgeistert. »Ich habe gerade die schlimmste halbe Stunde meines Lebens mit Wanda in eurer Küche verbracht.«

»Oh, es ist eins von Wandas Hobbys, uns allen immer wieder den Kopf zurechtzurücken«, erklärte Valentina und lachte, glockenhell und wunderschön.

Dieses Lachen machte ihm Mut, und er traute sich, die nächste Frage zu stellen:

»Glaubst du, dass du mir jemals verzeihen kannst?«

Sofort wurde sie wieder ernst, sah ihn mit großen Augen an.

»Das kommt darauf an.«

Das war immerhin kein ›Nein‹.

»Ob das stimmt, was in der Zeitung steht.«

In der Zeitung?! Um Himmels willen, welches Klatschmagazin hatte den jetzt schon wieder irgendwelchen Unsinn über ihn verbreitet?

Valentina hob die Zeitung auf, die neben ihr im Gras lag und hielt sie Maximilian hin. Die ›Starnberger Revue‹! Wie kam sie denn an dieses Lokalblättchen? Ein flaues Gefühl breitete sich in seinem Magen aus. Die Redakteurin hatte ihn wegen der Ausstellung des Kriegsflüchtlings in seiner Galerie interviewt und noch einige private Fragen angehängt. Ziemlich verkatert hatte er einfach so die Wahrheit gesagt – doch wie mochte die bei Valentina angekommen sein?

Schon schlug sie die entsprechende Seite auf und las vor:

»Man munkelt ja, Sie hätten sich von Ihrer Frau getrennt – da werden Sie wohl bald wieder auf Reisen gehen? *Nein, ich bleibe vorerst in Starnberg.* Wie schön! Ganz häuslich also. Vielleicht wollen Sie sich sogar einen Hund zulegen? *Ich habe mir tatsächlich schon immer einen Hund gewünscht, das stimmt. Aber daraus wird wohl leider nichts. Die Frau, die ich liebe, kann Hunde nicht leiden.*«

Valentina tippte aufgebracht mit dem Finger auf die letzten Sätze des Interviews.

»Stimmt das?«

»Das mit dem Hund?«, fragte er hilflos, und weil er sich langsam blöd vorkam, setzte er sich in einigem Abstand zu ihr ebenfalls in die Wiese. »Ich hätte schon gerne einen Hund, aber so wichtig ist das auch wieder …«

»Das meine ich doch nicht!«, unterbrach sie ihn erbost. »Da steht: *Die Frau, dich ich liebe …* hast du das *so* gesagt?!«

»Damit meinte ich natürlich dich«, murmelte er kaum hörbar und betrachtete angelegentlich ein winziges Gänseblümchen.

»Du Idiot!«, schimpfte sie. »Warum sagst du das denn nicht *ZU MIR?*«

»Hättest du das denn hören wollen?« Vorsichtig schielte er zu ihr herüber.

»Männer!«, meinte sie nur verächtlich, dann überwand sie mit einem Satz den Abstand zwischen ihnen, kletterte einfach auf seinen Schoß und drückte ihn zu Boden.

Ihr wunderbares Haar fiel nach vorne und umgab ihre Gesichter nun wie ein Vorhang, während sie forschend sein Gesicht musterte.

»Ich liebe dich«, sagte er, und da er daran glaubte, fiel es ihm auch ganz leicht.

»Das will ich von jetzt an jeden Tag hören, kapiert?«

»Versprochen«, sagte Maximilian und dann fanden sich ihre Lippen endlich zu einem tiefen, erlösenden Kuss.

EPILOG

»Kann man denn da gar nichts mehr machen?«, fragte das Mädchen zitternder Stimme.

Bedauernd schüttelte Dr. Gundlach den Kopf.

»Es tut mir wirklich sehr leid, aber Ihr Vater hat wohl eine große Menge unterschiedlicher Opiate zu sich genommen und damit einen bleibenden Hirnschaden verursacht. Wir mussten ihn in ein künstliches Koma versetzen. Aber selbst, wenn er wieder aufwachen sollte …«, er zögerte, fügte dann jedoch möglichst zartfühlend hinzu: »… wird er wohl kein eigenständiges Leben mehr führen können.«

Das Mädchen nickte und wandte den Kopf wieder der Glasscheibe zu, durch die man Aaron Sauders sehen konnte, der an mehreren Schläuchen angeschlossen blass und eingefallen in einem Krankenbett lag.

»Ach herrje«, sagte sie. »Aber das ist nicht mein Vater ...
das ist nur ein ... Bekannter. Er ist ... er war Künstler, und
wollte mir das Malen beibringen.«

Das erklärte, weshalb sie ihn gefunden und den Rettungs-
wagen alarmiert hatte. Aber für so einen jungen Menschen
was das natürlich trotzdem ein großer Schock, auch wenn es
sich nicht um einen Angehörigen handelte.

»Sie hätten nichts mehr für ihn tun können«, sagte er tröstend.

Sie wandte sich wieder ihm zu, sah in dankbar mit weit
aufgerissen Augen und zitternden Lippen an.

»Aber ich fühle mich trotzdem so schuldig«, hauchte sie.
»Und ich werde sehr einsam sein, jetzt, wo Aaron nicht mehr
da ist!«

Sie war näher an ihn herangerückt, und er konnte ihr bil-
liges Parfüm riechen. Nun sah er auch, dass sie nicht so ganz
so jung war, wie er zunächst gedacht hatte – eher eine junge
Frau als ein junges Mädchen. Wie zufällig rutschte ihr in dem
Augenblick ihre Jacke über die Schultern und gab den Blick
auf ein sehr ansehnliches Dekolleté frei.

Natürlich sah er hin, er war ja kein Heiliger. Aber als sie
dann auch noch hinzufügte:

»Ich würde mich auch gerne bei Ihnen dafür bedanken,
dass Sie sich so toll um Aaron bemüht haben«, hielt er es für

angemessen, mit seinem Klemmbrett rasch dafür zu sorgen, dass der Abstand zwischen ihnen gewahrt blieb.

»Gerne geschehen«, antwortete Dr. Gundlach knapp, als hätte er sie nicht richtig verstanden. »Dann widme ich mich jetzt mal wieder den anderen Patienten. Auf Wiedersehen.«

Er nickte ihr noch kurz zu und machte, dass er wegkam. Mann, die Kleine hatte ihn ja recht unverblümt angemacht. Aber sie war ein hübsches, junges Ding, sie würde sie vermutlich recht schnell einen anderen finden, der sie über Aarons Verlust hinwegtröstete.

Der Maler war also ihr Bekannter gewesen, so, so. Er selbst würde jedenfalls – sollte diese verfluchte Schicht tatsächlich irgendwann mal ein Ende finden, in den Armen seiner Frau Adina entspannen und nirgendwo sonst.

***

Endlich – ein Vorstellungsgespräch. Elisabetta könnte sich in den Hintern beißen, dass sie nicht daran gedacht hatte, sich auch falsche Zeugnisse ausstellen zu lassen, als sie noch die Gelegenheit dazu gehabt hätte. Aber da war sie ja noch der Ansicht gewesen, dass sie bald mit Aaron ein Leben im Luxus führen würde. Nun war sie zwar in Kapstadt angekommen, besaß auch einen Pass, dessen Echtheit noch niemand angezweifelt hatte, aber keinerlei Nachweis über ihr abgeschlossenes Studium oder Zeugnisse vergangener Arbeitgeber. Also wollte sie auch niemand einstellen, ja, bisher hatte sie es nicht mal geschafft, zu den Entscheidungsträgern vorzudringen. Und dass, nachdem sie zwei Jahre lang eigenständig eine Galerie geleitet hatte!

Aber die fehlenden Zeugnisse würden keinen Unterschied mehr machen, wenn sie erst mit ihrem zukünftigen Chef gesprochen hatte, da war sie sich ganz sicher. Schließlich verstand sie etwas von ihrem Job.

Pünktlich verließ sie das schäbige Zimmer, das ihr unverschämt teuer vorkam, aber zumindest befand es sich in einer für Weiße einigermaßen sicheren Gegend. Wobei die Betonung auf einigermaßen lag. Einmal war schon die Tür aufgebrochen worden – ein dreijähriges Kind hätte den morschen Riegel knacken können – und dass nichts gestohlen worden war, lag nur daran, dass Elisabetta nichts mehr besaß, was sich zu Stehlen lohnte.

Leider war ihr bestes Kleid auch das, mit dem sie aus Deutschland geflohen war, und das hatte schon bessere Zeiten gesehen. Aber was sollte sie machen, das Geld hatte gerade noch gereicht, um die Miete bis Ende der Woche zu bezahlen. Hoffentlich konnte sie ihren Chef dazu überreden, ihr einen Vorschuss zu zahlen, sonst sähe es echt düster aus.

Pünktlich erreichte sie die Galerie, die inmitten einer Hochglanz-Einkaufszeile lag. Oh ja, für den Anfang war das gar nicht schlecht. Zuversichtlich drückte sie die Tür auf und wurde auch gleich zum Büro von Bongani Jali geführt. Einen Augenblick lang war sie irritiert, da sie nicht davon ausgegangen war, dass ein Schwarzer einen solchen Laden führte, doch sie fing sich rasch und ließ sich zu den Besucherstühlen geleiten.

»Elisa Lupino, wie schön, dass Sie es einrichten konnten«, sagte er galant und sie entgegnete ebenso:

»Vielen Dank für die Einladung.«

Sie nahmen Platz, und Jali übernahm auch gleich die Gesprächsführung.

»Ich will auch gar nicht lange darum herumreden. Sie haben sich bei uns als Kunstsachverständige beworben. Leider können wir Ihnen da keine Stelle anbieten.«

»Was?«, entfuhr es Elisabetta, und Jali hob beschwichtigend eine Hand.

»Sehen Sie, es gibt keine vakante Stelle, und selbst wenn es anders wäre, könnte ich ganz leicht qualifizierteres Personal dafür bekommen.«

»Aber …«, protestierte Elisabetta, doch er fuhr ungerührt fort:

»Sie haben kein abgeschlossenes Studium, keinerlei Referenzen – ich fürchte, da werden Sie in Kapstadt nirgendwo eine Chance haben.«

»Ja, aber warum haben Sie mich dann eingeladen?«, fuhr sie ihn wütend an. Was war das hier, die späte Rache eines schwarzen Mannes an einer Weißen?

»Nun, ich könnte Ihnen einen anderen Job anbieten«, fuhr Jali jedoch unvermindert freundlich fort. »Es scheint derzeit unmöglich zu sein, eine zuverlässige Putzfrau zu bekommen. Und die Deutschen sind doch so schrecklich ordentlich – Sie sind doch aus Deutschland, nicht wahr?«

»Das … das ist jetzt nicht Ihr Ernst …«, stammelte Elisabetta, und er sah sie mitfühlend an.

»Ich kann mir schon vorstellen, was sie sich gedacht haben – die in Afrika, die sind doch hinter dem Mond, da brauche ich doch keine Zeugnisse und bekomme trotzdem einen tollen Job. Tja, inzwischen haben Sie vielleicht selbst gemerkt, dass das nicht der Fall ist.« Er musterte sie nochmal eingehend. »Allein wenn ich mir Ihr Outfit so ansehe – dass muss Ihnen doch selbst gleich klar gewesen sein, dass Sie nicht in meinen schicken Laden passen.«

Elisabetta war kurz davor, zu explodieren. Das Kostüm hatte einst über zweitausend Euro gekostet! Sie sprang auf:

»Jetzt hören Sie mir mal gut zu …«

»Frau Lupino, hier ist es in der Regel so, dass die Ange-stellten ihrem Chef zuhören«, unterbrach er sie ganz ruhig, aber mit einem drohenden Unterton in der Stimme, die kei-nen Zweifel daran ließ, dass er langsam die Geduld mit ihr verlor. »Setzen Sie sich wieder hin.«

Sie setzte sich tatsächlich wieder, obwohl sie am liebsten einfach gegangen wäre.

»Ihre Arbeitszeit beginnt um 21 Uhr, nach Geschäfts-schluss. Meine Frau wird Sie einweisen, und ich erwarte, dass Sie Ihre Arbeit gewissenhaft und gründlich erledigen. Sie können gleich heute anfangen.«

»Aber, ich habe doch noch gar nicht gesagt, dass ich den Job annehme«, protestierte Elisabetta schwach.

»Das hier ist Ihre Chance auf eine anständige Arbeit – Ihre einzige, wie wir beide wissen. Also seien Sie nicht dumm, arbeiten Sie fleißig und legen sich ein bisschen Geld beiseite und dann können Sie irgendwann wieder nach Hause.«

Elisabetta nickte benommen. Was blieb ihr auch anderes übrig?

»Aber … wenn ich den Job annehme, bräuchte ich einen Vorschuss …«, sagte sie in dem verzweifelten Versuch, doch noch einen Vorteil für sich herauszuschlagen.

Jali nickte wissend, meinte jedoch:

»Bevor ich mir nicht sicher sein kann, dass Sie auch zuverlässig sind, kann ich Ihnen keinen Vorschuss gewähren. Aber wenn sich nach ein paar Tagen herausstellt, dass Sie ihre Aufgaben zu unserer Zufriedenheit erledigen, spricht nichts dagegen, dass wir sie täglich bezahlen.«

Elisabetta nickte, auch wenn sie keine Ahnung hatte, wie sie von dem Betrag, den Jali ihr dann nannte, ihren Lebensunterhalt bestreiten und auch noch Geld zurücklegen sollte. Aber er hatte ja recht, sie brauchte diese Arbeit – dringend.

»Gut, dann bis heute Abend«, sagte ihr Chef, und mit hängenden Schultern verließ Elisabetta die Galerie.

***

»Günter! Wie schön, von dir zu hören. Jetzt sag aber nicht, dass du und deine Frau nicht zu unserer kleinen Party am Wochenende kommen könnt!«

»Natürlich kommen wir«, versicherte der Detektiv. »Aber deswegen rufe ich nicht an.«

»Dann lass mal hören«, meinte Maximilian, und warf Valentina einen unhörbaren Kuss zu, die ihm gerade noch etwas Kaffee nachschenkte.

»Ich habe Elisabetta gefunden«, sagte Günter. »Na ja, eigentlich … also, es schmerzt mich ja sehr, das zugeben zu müssen, aber deine Frau hatte ihre Spuren sehr gründlich verwischt. Sie muss ihre Flucht von langer Hand geplant haben. Dass ich jetzt trotzdem weiß, wo sie steckt, liegt nur daran, dass sie mich angerufen hat.«

»Was?«, platze Maximilian perplex raus, beruhigte sich jedoch sofort wieder und zwinkerte Valentina beruhigend zu, die ihn erschrocken ansah.

»Deine Noch-Ehefrau hat versucht, mich ein bisschen auszuhorchen – über einen Signore Lando. Wer ist denn das?«

»Ach, nur ein Kunde, den sie ziemlich verärgert hat. Nicht so wichtig. Und weiter? Wo steckt sie?«

»In Kapstadt. Sieht so aus, als wäre sie ziemlich pleite. Sie hat mich recht unverblümt wissen lassen, dass sie Geld von dir will – für irgendwelche Gemälde von Klimt? Ich habe kein Wort verstanden. Aber dabei ist ihr versehentlich rausgerutscht, dass sie sich als Putzfrau verdingen muss und das Geld braucht, um Südafrika zu verlassen und irgendwo neu anzufangen.«

Maximilian konnte förmlich hören, wie Günter grinste und auch er konnte sich einer gewissen Schadenfreude nicht erwehren. »Hm«, meinte er, »ich weiß, du bist kein Anwalt, aber deine Meinung als Freund: Stehen meiner Ehefrau irgendwelche Ausgleichs- oder Unterhaltszahlungen zu?«

»Soweit ich die Verträge kenne – nein, überhaupt nicht.«

»Sie will sich wieder bei dir melden, ja? Dann richte ihr doch bitte aus, dass wir uns gerne nach Ablauf des Trennungsjahres nochmal unterhalten können. Wenn sie dann brav die Scheidungspapiere unterzeichnet, zahle ich vielleicht ihre Rückreise nach Deutschland.«

Günter lachte und versprach, es auszurichten. Sie unterhielten sich noch kurz über das geplante Treffen am Wochenende, dann legte Maximilian auf und erzählte Valentina, was er über Elisabetta erfahren hatte.

»Teure Gemälde wird meine Noch-Ehefrau in nächster Zeit wohl nur in die Finger bekommen, wenn sie sie abstauben muss«, meinte er wenig gehässig.

Valentina legte den Kopf schief und er liebte sie noch mehr als er es eh schon tat, weil sie sich wie immer jeglichen Kommentar zu einer misslungenen Partnerschaft mit Elisabetta sparte.

»Apropos Gemälde«, wechselte sie stattdessen das Thema. »Schau mal, in der Zeitung steht etwas über ein Bild, das angeblich verflucht sein soll. Ist das nicht jenes, das du in Chile gekauft hast? Schau nur, die Besitzerin will es versteigern lassen und den Erlös in eine Stiftung stecken, die todkranken Menschen ihren letzten Wunsch erfüllt. Aber wie kommt sie denn darauf? Du hast ihr nicht zufällig von den Salazars erzählt?«

Maximilian zuckte verlegen mit den Schultern, nickte dann aber.

»Stell dir nur vor, sie wollte das Bild gar nicht haben, um es wieder aufzuhängen. Wie mein Kompagnon in Südamerika glaubte sie fest an den Fluch – und daran, dass ihre Familie nur deshalb so unter der Verfolgung der Nazis gelitten hatte, weil sie das Bild besaßen.« Immer noch ungläubig schüttelte er den Kopf. »Als ihr Mann starb und sie über das gemeinsame Geld frei verfügen konnte, wollte sie ihr Vermögen dazu einsetzen, das Bild zurückzubekommen, um es zu vernichten. Damit es nicht noch mehr Unheil anrichten könne! Aber ich habe ihr klar gemacht, dass der Fluch gebrochen werden kann, wenn das Bild einem guten Zweck dienen würde.«

»Das hat sie einfach so geglaubt?«

»Ich habe Wanda um Hilfe gebeten, und dieser Typ aus dem Fitnessstudio, der seit neuestem Yoga dort unterrichtet, hat ein bisschen einen esoterischen Hokuspokus veranstaltet«, gab Maximilian zu. »Ich hatte nur bisher keine Ahnung, dass es tatsächlich funktioniert hat.«

Valentina kicherte und sie sah so entzückend aus, dass ihm gar nichts anderes übrig blieb, als sie an sich zu ziehen und sie zu küssen. Leider fiel sein Blick dabei zufällig auf die Küchenuhr.

»Oh nein, in zwanzig Minuten kommt ein Kunde in die Galerie, und ich sitze hier noch im Morgenmantel herum – entschuldige bitte, ich muss mich dringend anziehen.«

»Schon gut.«

Sie lächelte ihn liebevoll an und es fiel ihm schrecklich schwer, sich von ihr loszureißen. Doch irgendwie gelang es ihm, er spurtete nach oben, warf den Morgenmantel beiseite, schlüpfte in ein Hemd und griff nach einer Hose, die er gestern nachlässig beiseite geworfen hatte – schließlich hatte sich Valentina bereits überaus verführerisch auf dem Bett geräkelt. Doch was musste er entdecken – die Hose hatte ein Loch!

»Valentina!«, rief er anklagend. »Ich glaube, Zora hat meine Hose angeknabbert.«

Valentina erschien in der Tür zum Schlafzimmer, und die kleine Welpendame, die sich bis eben noch in ihrem Körbchen tief schlafend von dem morgendlichen Spaziergang mit seiner Freundin erholt hatte, erwachte und sah ihn mit großen Kulleraugen an, als könne sie sich ebenfalls nicht erklären, wie das Loch in die Hose gekommen war.

»Das geht so nicht«, sagte Maximilian streng zu der jungen Hündin, die nun ihren Kopf auf ihre Pfoten legte, die noch viel zu groß für so einen kleinen Hund waren, und tat, als könne sie kein Wässerchen trüben.

»Also wirklich«, unterbrach Valentina ihn. »Du hast doch gehört, was die Hundetrainerin gesagt hat: Du musst sie sofort schimpfen, wenn sie was anstellt, und nicht irgendwann später, das versteht sie nicht!«

Dann hockte sie sich zu dem Welpen und streichelte tröstend ihren Kopf.

»Herrchen hat mal wieder die Leckerchen in der Hosentasche vergessen und dann die Hose einfach auf den Boden geworfen, stimmt's? Das muss doch so ausgesehen haben, als wolle er die gar nicht mehr, wie kann er dir da Vorwürfe machen? Er hätte dir die Leckerli ja auch einfach geben können, oder?«

Begeistert von dem Zuspruch leckte Zora über Valentinas Hand, und die kicherte.

Kopfschüttelnd betrachtete Maximilian seine beiden Mädels.

»Aber ich habe bereits drei Hosen beim Schneider und zwei in der Reinigung. Was soll ich denn eurer Meinung nach zu dem Kundentermin anziehen? Eine Jogginghose?!«

»Warum nicht? Wenn ich mich recht erinnere, bist du mit Rupert Schultheis verabredet, und dem ist sowas von egal, was du anhast, solange er dich ungeniert anschmachten darf. Außerdem bräuchtest du dann wenigstens nicht zu jammern, wenn Zora dich nachher aus Versehen anspringt!«

»Bei dir tut sie das nie«, beschwerte er sich. »Was soll ich nur machen, wenn du erst bei dem Shooting in Rügen bist? Ich verstehe sowie nicht, wie man auf die Idee kommen kann, im Herbst an der Ostsee Fotos zu machen.«

Er setzte eine möglichst leidende Miene auf, doch Valentina lachte nur und gab ihm einen Kuss.

»Ich gehe jetzt nochmal mit ihr raus, du kümmerst dich solange um den Schultheis und danach gehen wir alle zusammen shoppen.«

»Shoppen!«, stöhnte er, doch sie hatte sich schon von ihm abgewandt und lockte Zora aus ihrem Korb.

»Anders werden wir der Hosenkrise in deinem Kleiderschrank nicht Herr!«, erklärte sie bestimmt.

Kopfschüttelnd sah er ihnen nach, doch in Wahrheit breitete sich ein wunderbar warmes Gefühl in ihm aus, während er beobachtete, wie Valentina in schrecklich schmutzige Gummistiefel schlüpfte und sich eine knallgelbe Regenjacke überzog, während der Welpe aufgeregt um sie herumsprang.

In diesem Augenblick war er so glücklich, dass er sogar erwog, Elisabetta ein wenig Geld zukommen zu lassen, bis ihm einfiel, dass sie ihn sehenden Auges Signore Lando überlassen hätte – nein, es tat ihr sicher ganz gut, sich noch eine Weile die Hände selbst schmutzig machen zu müssen.

Inzwischen streifte Valentina der Hündin ihr Halsband über und legte ihr die Leine an, bevor sie mit Zora das Haus verließ.

»Ich liebe dich!«, flüsterte Maximilian nochmal leise – schließlich konnte man das gar nicht oft genug sagen.

Ende

NACHWORT

Liebe Leserinnen und Leser,

ich hoffe, der zweite Teil meiner kleinen Reihe um die Mädels der Münchner WG hat euch gefallen – vielen Dank, dass ihr ihn bis zum Ende gelesen habt. Eine kleine Bitte habe ich noch: Als verlagsunabhängige Autorin bin ich besonders auf die Unterstützung meiner Leserinnen und Leser angewiesen. Ihr helft mir, wenn ihr das Buch mit einer Rezension bewertet oder es weiterempfehlt. Gerne könnt ihr dazu auch auf meiner Facebook-Seite vorbeischauen:

https://www.facebook.com/evabolsani

Vielen Dank und alles Liebe

Eure Eva

DIE AUTORIN

Schon früh war ich für Geschichten aller Art zu begeistern - jene, die meine Mutter mir vor dem Schlafengehen vorlas, oder jene, die ich mir selbst ausdachte und mit meinen Stofftieren nachspielte.

Daran hat sich bis heute nicht viel geändert: Der Bus kommt nicht, das Wartezimmer ist überfüllt? Alles kein Problem, endlich genug Zeit, neue Figuren zu erfinden und diese in ein weiteres Abenteuer zu stürzen.

Wenn ihr mögt, begleitet meine Heldinnen und Helden auf der Suche nach der großen Liebe. Währenddessen sitze ich im wunderschönen Allgäu an meinem Schreibtisch und erfinde einen neuen Charakter, der sich gerade die bange Frage stellt: »Liebt er mich auch?«

Mehr unter:

http://www.evabolsani.de